最大的苦難，最美的重生

希望回來了

陳雅琳——著

〈推薦序〉

不忘，是最大的祝福

方念華

雅琳和我相交十四年！

認識雅琳時，她的第一個身分是：TVBS新聞出色的資深政治記者！很快地，二〇〇〇年，我們成為TVBS新聞室並肩作戰的總編輯和副總編輯。雅琳具有金牛座所有腳踏實地的性格特質，和我這個往前衝、往往只看到遠方靶心的射手座兩相搭配；我們一起度過了在一波波電視新聞戰中，非常過癮而難忘的時光。

雅琳這個人，在我眼中，是她的工作資歷和特質完整交織而成的「陳雅琳」。富有正義感，懷抱高度的窮究好奇心，對於現實的曲折不以為苦，嚮往人生和這世界永遠都該有一個更合情、合理的美好願景。而她追求的方式，是像老牛耕田般，一步一步地從自己腳下這畝田深深地耕犁下去。不管是她的新聞工作或待人接物，以至於在人生裡得不斷接招……沒有捷徑！是雅琳最讓我尊敬而喜愛的地方。

這本書無處不是雅琳這種人格特質的展現。她寫到：日本採訪尾聲，本該回台灣前夕，仍不放棄上網來回搜尋……終於！找到福島水族館那隻劫後餘生的海豹媽咪庫拉拉！她需要一雙眼神，純粹而清澈地從電視螢幕傳出「劫後猶有令人振奮的力量」！

屬於雅琳的「來回搜尋」……我幾乎可以完全看到那個畫面：那絕對不會是「碰碰運氣」而已，肯定是——雅琳每晚在災區採訪結束後，還是不肯放棄地持續不停網蒐，堅信皇天不負苦心人，一定可以找到「比現有的材料更突出、更有力量的素材」！

資深的魅力，往往在那最關鍵的支點上，知道該用力，於是，支點便發揮了扭轉現狀的神奇力度！

書中充滿雅琳對於人的細膩觀察，因此情不自禁流露出悲天憫人的情感。而這些人面對雅琳細緻得體的採訪拿捏，也娓娓道來生離死別的生命功課，愈是澹然愈是深重，讀著讀著，直接撞擊進內心。

和雅琳初訪福島核災同一年，二〇一一年大海嘯後三週，還在三月，我也和TVBS節目團隊隨慈濟人一起進入日本東北，雅琳目睹的岩手縣大船渡市、陸前高田市以及我們行經的南三陸町市、氣仙沼市都記憶猶新。對這些地方倖存的人們來說，那不只是記憶，而是天旋地轉後，一個全新的洪荒世界——他們，必須立定腳跟，在那兒繼續人生。

所以，如果福島以外的人不忘，書中這許多令人感佩的人們，便有了最真實的支撐力！雅琳的書，是「不忘」的最大祝福。

雅琳和我，總會找時間聚。每一次都從晚餐聊到凌晨，雅琳幾乎都會問：「妳對新聞還有熱情嗎？」好的問題往往就是答案，唯有不負熱情的雅琳，才會寫出這本好書。

我衷心盼望，有很多很多人能讀到它！

〈推薦序〉

體驗災難之神行腳過後的痕跡

五月天 阿信

小時候，雨天過後，回到公園玩耍，不禁被土坡旁的一幅景象吸引。只見淺淺的積水，就困住了成千上萬的螞蟻，焦急地到處竄行。積水倒映藍天，不見老天對生命的哀憐，在我的心靈裡面，留下了某種不言而喻的啟發。

長大後，經過蘇花公路，總會經過一塊刻著人定勝天的大石，然而，經歷過了九二一地震、汶川地震、風災侵襲小林村，以至於日本東北三一一地震，漸漸了解，我們眼中的大浪與巨震，只是地球的一個跺腳或喘息。天地無情，災難來時我們都只是螞蟻。

對於雅琳主播，五月天與她有一份特別的情誼。那夜，我們第一次站上鳥巢，她特別與團隊走訪北京，與我們共同見證了激昂與感動的一頁。

閱讀此書，徹底顛覆了我們對一位主播的想像。她走出了光鮮亮麗的主播台，三度走入災區，深入輻射重度超標的封鎖重地，直接面對了當地受災的孩童與老者，為遠在台灣的我們暴露險境，直接體驗災難之神行腳過後的痕跡。

面對自然，也許人類還是壓抑不了那份躍躍欲試的好勝，不過經歷了這些之後，始終需要保持著一份謙卑與尊敬。

〈推薦序〉

這不叫採訪，這是陪伴

魏德聖

邊看著這文稿，我邊反覆問了自己好幾次：「換是我的話，敢去嗎？……去那個地方……敢嗎？」大家都說我很瘋狂，但和這個女生比起來，我差多了……

破壞，要狠心。建設，要耐心。那「重來」呢？又需要幾倍的狠心和耐心……日本福島災區裡居民們所面臨的不只是「重來」的課題，而是在生命的終點線重來……一樣天真的孩子、在終點線重來的老人、選擇留下來陪伴的青壯……看著文章裡所描述的現況，又思想起這些村莊原本的樣貌，怎麼能讓人不心酸……那些遺棄他們的政府和國人呢？福島人要把自己弄到多卑微才能不恨！

看完這本書，真的很想給那些福島人一個大大的擁抱。非常感佩這個女生和她那不怕死的團隊，憑著勇氣深入那被遺棄的災區採訪，帶給我們這麼深刻的文字。不過，再怎樣大的勇氣，遇見最脆弱的人性，怎麼能不真心慈悲。

我說，這不叫採訪，這是陪伴……是讓受難者願意在你面前安心流淚的溫暖陪伴。雅琳姐，我佩服妳，我欣賞妳，妳讓我們看見的不是憤怒的文字，而是真心慈悲的人性……在現實的世界裡當天使很難，加油！

〈推薦序〉

在絕境中也不向現實屈服

侯友宜

核能安全是全民最重視，也是守護台灣的最後一道防線，這四個字不是報章雜誌上抽象的詞彙，而是與我們生活密切相關，必須正視的具體問題。

二〇一一年日本外海的地震引發海嘯，造成福島第一核電廠的事故，地震、海嘯與核災同時重擊福島，天災人禍讓這個美麗的島嶼面目全非、居民家破人亡，海嘯過後殘破的點滴讓人感同身受，九二一大地震的驚心動魄歷歷在目，被海嘯吞噬的家園帶走了家人的生命、也帶走生存的希望。

三立新聞總編輯暨資深主播陳雅琳小姐，三度冒著生命危險，親自深入探訪福島的核災現場，不畏大幅超標的輻射塵，純粹為了追尋核能災害事件後最真切的面目，讓台灣人民也看見核災之中的愛與痛，書中記錄仍身處核輻射肆虐的福島人民生活，舉凡山川河流的生態破壞、身體的無形傷害、產業的急速衰退，許多城市重建的無奈與無力表露無遺，雅琳小姐冒險犯難，只為將核能安全的重要性深刻傳達出來。

日本已是高度發展的文明國家，面對地震核災的襲擊尚且如此，台灣會如何因應相似的狀況？核能帶來許多人類生活的便利，舉凡食衣住行育樂都離不開電力，在核能與安全的天秤兩端，找到平衡的立足點，才能繼續走下去，日本政府及人民的處理作為及應變機制，值得現有三座核電廠及位於環太平洋地震帶的台灣借鏡。

寂靜的黑夜之後，終有希望的曙光到來，不論是車牌堅持要三一一的喪妻鐵漢、點亮災區暗夜燈火的居酒屋，或是返回家鄉當漁夫的年輕人，都讓人看見絕境之中不向現實屈服的堅定，歷經苦難與艱辛，還是能看到愛的力量不斷蔓延下去。看著張張佈滿血與淚的真實照片，雅琳小姐這一趟歷經千辛萬苦的生命之旅，是否能喚醒沉睡的台灣？

面對核能安全，值得台灣人民深深省思。

1 為頽圮災區點亮燈火的居酒屋

2 兩個生命的碰撞，激盪重生的開始，一起振興家鄉的漁業經濟（左為伊藤先生，右為立花先生）

〈推薦序〉

記者的良心和責任

小野

二〇一一年三月十一日，我到達新加坡，參加已故好友楊德昌導演的電影回顧展。在出發前我才去了一趟彰化王功漁港和芳苑濕地，加入文藝界反國光石化的行列，而強調串連全島步道、保存步道四周環境和文化的千里步道運動，也正好滿五年。

就在這種台灣民間社會對於環境議題愈來愈重視，並且付諸行動的時刻，日本東北部發生了規模九的大地震，同時引發了大海嘯，正當台灣的媒體還在分析海嘯何時會淹沒花東海岸時，更大的災難接著發生了，位於福島號稱是日本最模範的核電廠發生了不可收拾的核災。我坐在新加坡的旅館內看著日本電視台的現場報導，彷彿是世界末日提前到來。我不停接到從台灣傳來的訊息，都是關於海嘯會不會波及到台灣恐懼。

當下的那一刻，大家似乎都忘了我們台灣已經有三個老舊將除役的核能電廠，政府不但完全沒有能力處理核廢料，也從來提不出當核災發生時的疏散計畫。大家一時也忘了台灣還有一個從一九八〇年就提出來要蓋的核四廠，因為發生車諾比事件而喊停，在一九九二年又在立法院解凍了核四預算後，到現在還無法完成的也算是「老舊」的拼裝核四廠。

這些年來，我們的大眾媒體為了求生存拚收視，做出來的節目愈來愈不爭氣，除了無法無天的業配和大量的置入性行銷之外，再來就是配合電視台政治立場演出的名嘴們把白的說成黑的。關於核電廠的危機毫不關心。更有甚者，直接宣揚核能的必要性，罔顧事實。日本福島核災是用多少受害者的悲劇，來提醒也是處於不斷會發生地震的小小台灣島，但是這樣的大災難很快又被其他議題的口水刻意的淹沒了。

幸而，台灣還是有一些反核人士直接去了福島了解狀況，也有慈善團體啟程去福島救濟災民，也有少數媒體持續關心核災的問題。其中三立電視台的記者陳雅琳曾經三訪福島，也在三立電視台做過許多相關的報導，最近她將親身觀察和體驗集結成這本書，時間正好是福島核災發生後的第三年，也是台灣反核聲浪被政府用撲天蓋地的謊言和巨量的擁核廣告壓得喘不過氣來的時刻。我們正需要這樣一本出自台灣記者目睹核災的書，因為此時此刻，記者的良心和責任比什麼都重要。

我們有一群藝文界的導演和作家們從二〇一三年的春天，每週五晚上六點鐘，在中正紀念堂的自由廣場底下進行我們的「不要核四五六運動」，我們在各自工作的忙碌中已經堅持了整整一年，大部分的媒體視若無睹。我曾經在五六的廣場上遇過陳雅琳，於是有了這樣一篇推薦序。

〈自序〉

重生的愛與勇氣，看見新希望

去了海嘯核災區三次，很多朋友問我，身上究竟已經承載多少輻射量？我沒有科學答案，每次都回答：「不知，也許三年不能照X光吧?!」「沒關係啦！人都會死，活得有意義比較重要！」下一個問題他們會問：「那妳去災區曬九百倍的輻射塵回來，過得了台灣海關的機器喔？」啊？海關有在測人體的輻射嗎？沒有啊！輻射，它看不見、摸不著、聞不到，卻會永遠傷害人體、也讓環境萬劫不復，這就是這位隱形殺手最恐怖之處。

猶記得第三度要出發的時候，我詢問了專題組的四位女記者，看誰願意跟我去採訪？

第一位照出國順序排行的女記者原本說「好」，過了三天，她很不好意思地來說：「雅琳姐，我準備要懷孕，婆家和娘家都極力反對我去福島，更何況家族有特殊體質的問題，我真的無法冒一點點風險。」嗯，我原本就覺得生小孩是一件一輩子極度重要的事，當下，我立刻就回答：「好，妳不要去！」

緊接著，我找第二位順位的女記者，她也說「好」，過了三天，她滿臉憂容地跑來找我，吞吞吐吐地說出：「雅琳姐，我剛結婚不久。」她沒再說下去。

「是啊！我有去參加，老公宇宙無敵超浪漫的！」我回答。

「那我也想懷孕！」

「很好啊！早就祝妳早生貴子了！」

只見她雙眼閃爍著懇求的神情，我只好：「所以？」

「我能不能不要去日本採訪？家裡都反對！」記者還是說出口了。

嗯！又是個懷孕的問題，我也不假思索地答應了，心裡想著，這麼巧，她家優秀的老公是攝影記者，上次被我找去北韓時，家人也擔心到一度打退堂鼓。

我眼睛飄向第三順位的記者，心想，她已經生完兩個小孩了，應該ＯＫ吧？但下一秒鐘，馬上想到她也有特殊體質，我曾經答應她不出國的，更何況是條件很糟糕的重災區呢。於是，跳過她，我看到第四順位的女記者，未婚，年輕活潑，於是走了過去：

「妳可以跟我出國去日本災區採訪嗎？」我直截了當地問。

「可以啊！」她也不假思索地回答。

於是，我開始規畫與交代很多任務，沒想到，過了一個禮拜，換她很歹勢地跑來找我：「雅琳姐，我爸爸非常非常生氣，他不准我去日本。」

「為什麼？」

「我只是那天在家裡吃飯時，無意間講到要去三一一災區，他就說不准去，說因為日本有輻射！」

「日本？可是妳之前不是才去東京？」我問。

「是啊！我也跟他講了，我有設法溝通，但他整個人發火！甚至問我還要不要結婚生小孩啊。」女記者描述得活靈活現。

「喔！好吧！既然東京他沒有不准，妳回去跟爸爸說，我們這次會去的日本東北，岩手縣和宮城縣都是海嘯區，只有福島納進輻射區，那這樣好了，妳這位記者只要去岩手和宮城即可，凡福島縣境不管是不是輻射區都不會讓妳踏進一步，到時候我這位總編輯去福島採訪即可，那段時間妳沒事休息，這樣好嗎？」

「喔！好！我再回去跟他溝通看看！」

過了三天，她懊惱地來說：「我爸爸，抵．死．不．從！」

就這樣，第三度的三一一重災區之行，我是自己帶著一位攝影師前往的，當時，我好怕連男攝影師也不願意去，還好年輕帥氣的育鑫興致沖沖，就這樣兩人成行。但那個找人的當下，我內心真是萬般悲憫福島的命運，這個原本美麗又物產豐富的福島，竟連應該衝災難第一現場找真相的記者都拒絕造訪，那，住在那裡的福島人情何以堪呢？

愈是這樣，我就愈想往那個地方去，事實上，我是更想直接進到福島核電廠裡頭去採訪。我知道，每個人的個性不同，否則我不會師範畢業後還毅然決然放棄穩定教職去當記者，所以我非常能夠理解女記者的拒絕前往，只是很為福島人的處境悲傷；如果說，人生而平等，誰，願意在這個世上成為被排斥與歧視的對象？發展核電的政策，也不是這些人民要求的啊！

有的時候，我會開玩笑地說，怎麼我媽從沒問過我一句，去福島危不危險？但即使她會問，也阻擋不了我前往重災區的動力。沒有身歷其境，你不會體會那裡的苦痛；沒有親身接觸，你說不出那裡發人深省的故事！這是我一向喜歡跑新聞、當記者的初衷，二十多年來沒有改變過！

第一度造訪，我有無比的震撼；第二度造訪，實在不忍重災區依然百廢待舉；第三度造訪時，我決定找到重生的力量，因為悲苦實在太大。而我也真的看到很多令人感動的人事物，尤其，很多都是東京年輕人放棄大都市的一切，來到災區用心奉獻。

像是原本在東京做都市規畫的三十三歲松本丈，回到福島承接早已沒落的磐城鬼街，重新打造出黎明市場，專給被迫遠離家園的核災災民可開店重生。

還有，在橫濱大都會開餐廳的三十四歲年輕老闆鎌田直樹，看見被海嘯一掃而空的大船渡市頹圮到死氣沉沉，決定回鄉，在完全荒蕪的大地上開了居酒屋，做災區第一個點亮暗夜燈火的人。

另外，四十四歲的東京商人立花貴先生放下繁忙的產業，回到故鄉宮城縣幫災民煮熟食，在仙台遇到漁夫伊藤先生，兩人生命有了交集，商場強人成了怒海沉浮的漁夫，還共同締造產地直銷的全新產銷模式，比震前的獲利多出三倍，吸引哈佛大學前來研究。

這些年輕人，跟一般人反方向的，他們往苦難裡去，積極奉獻，最後卻從甘甜裡走出來，生命活得驕傲有意義；也許，這世界的道理是：能夠同理別人的痛苦，才能找到自己的希望。

而早就因為災難而活在苦難裡的，我這輩子可能忘不了那位震後車號選定三一一的虎舞大哥阿部富二男，我生性超欣賞有 Guts 的男性，當海嘯帶走這位「阿尼ㄎㄧ」的家園，甚至奪走他愛妻、尋獲時也只剩下身體中間一截身軀，但他不向海嘯低頭。尤其，當一顆表演用的虎頭可以從海嘯廢墟中再漂回來的時候，他知道自己雖然年過半百，也要在一無所有的災區裡持續發揚東北傳統的虎舞文化，鐵漢柔情令人激賞！

至於全毀的陸前高田市，兩百多年歷史的老醬油鋪被摧毀，傳家之寶的菌種更是灰飛煙滅在海嘯渦流裡，眼見人生走到絕境，一甕殘存的樣本卻出現在一個遙遠的研究機構裡，讓東北人熟悉的好味道得以復活。而年輕的三十七歲河野社長更是帶頭衝，災後更擴建廠房、更自動化，真是完全的毀滅、完全的重生。

而同樣令東北人懷念的老味道，陸前高田市山茶花油店老夫婦，因為失去兒子而痛不欲生，就連市民幫忙從海嘯廢墟中幫他們抬回祖傳老招牌也都不願見到，但在災民大家相互奔走努力之下，最後終於感動石川夫婦願意重新面對人生；儘管老媽媽再也不願看大海一眼，但瀕死的靈魂總算得以呼吸了。

還有，釜石市那個號稱世界第一如萬里長城的海上長堤，被海嘯沖垮了，美麗的花露邊漁港也毀了，家沒了，謀生的船隻更不知喪身何處，當地最年輕的二十九歲漁夫船長佐佐木，眼見村民陷入如萬劫不復的凋敝中，決定拚了，向銀行貸款五千萬買一艘更大的船，正面挑戰大海。

另外，有更多的故事，像在宮古市開火車開到一半遇到海嘯的駕駛員、南三陸町行俠仗義的溫泉旅館女老闆、大船渡市八十年老店海鷗蛋菓子拯救災民的飢寒交迫、甚至

1 後方的老招牌遭海嘯沖走，又被找回來，石川家卻要求燒掉，覺得人生已失去意義

2 河野社長細訴兩百年的醬油早已是無可取代的好味道

是堅守福島的台灣醫師……當每個人的生命出現重大考驗時，他們是如何挺過的？

尤其，全新的經驗——核災，我看見扶桑花女孩遭歧視被指身上會釋放出輻射；也目睹種出全日本最甜蘋果的農民卻自卑到不敢講話；天皇最愛的溫泉門可羅雀；被迫遠離核災家園的日料店歐吉桑哭了半年，卻又決定開始大笑面對人生等等，有太多感人肺腑的真情故事，才能讓我交織出這三趟旅程的深刻領略。

當然，以新聞人客觀報導的素養，我從不跟觀眾主張該反核或擁核，但我會非常細膩地報導每個福島人最真實的故事，讓觀眾自己去感受；於是，我遇到每個福島人，我都會問：「你，現在擁核還是反核呢？」結果，答案是每個人都反核，他們說，因為超過人類目前所能處理的能力。

二〇一三年中，核災發生時任日本首相的菅直人造訪台灣，他沒有選擇和大官喝酒吃飯，而是來到自由廣場前的不要核四、五六運動，直接踏上肥皂箱，跟市民述說在核電廠爆炸當時，他整個人背脊發涼，心想「再爆下去，日本就要亡國了」，甚至，福島核電廠失控，東京電力公司想要撤守，他還衝到東電大喊「不·能·撤」，以至於後來有福島五十勇士的事蹟。我第一次訪福島時，就去拜訪東電，到底災難有多大？應該怎麼辦？我看見、聽見的都是，沒有確切的答案！攸關百姓生存安全，怎可如此茫然？

就像我在「福爾摩沙事件簿」節目裡經常講的「歷史不能遺忘，經驗必須記取」

「做個有記憶的人」，災區的景象歷歷在目，渺小的人類是否該學習到什麼呢？我把這個歷歷在目透過文字表達出來，希望讓大家深刻體會。儘管源自於苦難，但人性在大浩劫之後更顯淬鍊，有悲有喜、有淚有笑，最大的苦難，有最美的重生……

還有，真情至性講義氣的台灣人，因為三一一展現的愛，真的感動日本人了，我很高興，這一代年輕人是這樣認識台灣的；不管過去兩國歷史上有多少恩怨情仇，歷史終歸是歷史，新時代的新互動，才是現代人該去積極創造的。

在災區，數不清已經跟多少人互動了；每個人生命中有很多偶然，我在大災難後與他們一一相遇，這一切的偶然，成了我人生重要的養分。試想，當你一無所有的時候……

也許，當你外在一無所有的時候，內心才知，什麼叫做真正擁有！

目次

首部曲 最大的苦難

二部曲 最美的重生

三部曲 希望的力量

久之浜
久之浜

よみかえれ故郷
ふんばれ
南三陸町

首部曲
最大的苦難

我知道我駐足之處，很多都歷經屍橫遍野的悲劇，
好比滄海桑田，這是人類世界的巨變。
當時，看見倖存的人宛如失掉靈魂一般，走在成堆如山的廢墟間，
只想要找到親人的那種徬徨無助，我的心跟著在淌血。

目睹一座城市迅速消失

你知道，一座城市全毀，是什麼情景嗎？

你明瞭，海嘯掃過的一無所有，是什麼感覺嗎？

在南三陸町，你被包圍襲捲的是，天災的超級震撼……

二〇一三年一月十九日，我再次來到地球上這個幾乎消失的城市，日本東北宮城縣的南三陸町，一座被海嘯摧毀殆盡的城市。

出發前，我已透過衛星空照圖，目睹整座城市在三一一海嘯來襲的前後對照，實在太驚悚了。原本山明水秀的海灣城市，擁有將近兩萬人、五千三百多戶的建築物，海嘯掃過，一無所有；從衛星圖看下去，整個人背脊發涼，因為偌大的土地上，只剩一棟大型建築物還立著，其他……什麼都沒了！

唯一一棟還豎立在土地上的建築物，就是南三陸町町立醫院，以及它前方兩間只剩空殼的小樓房。

第一次造訪這座遭海嘯完全吞噬的城市，是在二〇一一年三月一日，大災難一週年時，當時的目的，主要是要追蹤台灣人民世界第一的愛心捐款，其中最大宗的一筆鉅款：八億新台幣，究竟會如何落實在災區？這筆款項就是要幫南三陸町重建町立醫院，也是當地唯一的大醫院。

但，說到這家醫院，非常令人心酸，因為海嘯來襲時，醫院有多達七十三人罹難，其中七十名是病患，三名是醫生，會有這麼大規模的死亡（建築物內七成人口死亡），實在是因為三一一海嘯的規模空前驚人，已經超過當地的避難上限太多，導致先前擬定的逃難計畫全部破功。

當時，規模九．〇的超大地震發生後，南三陸町的海嘯警報也響了，畢竟這座城市因為溺灣地形，在歷史上已經慘遭三度大海嘯侵襲，包括一八九六年明治三陸大海嘯、一九三三年昭和三陸大海嘯，以及一九六〇年智利大海嘯，眼看三一一地震規模這麼大，整座城市的人民也立刻展開原本訓練有素的避難作業。

海嘯警報顯示，會有六公尺高的海嘯衝進來，等於所有兩層樓建築物都會滅頂，於是，焦急的人民開始往避難地點高處去躲，包括町立醫院裡的醫護人員，也把病患全部往四樓以上搬動，四樓，起碼已經超過九米高了，這在他們過去的經驗裡是絕對安全的；沒想到，惡狠狠的海嘯來了，它，竟然有十五米高，相當於五層樓全部淹掉，這樣的高度是海嘯警報的二．五倍，天哪！誰想得到，避難點也會當場變成人間煉獄，當時，有三名醫師奮不顧身地回頭去搶救病患，就這樣，不幸淪為波臣了……

海嘯，超過避難點的高度？那不是眼睜睜看著腳底下的浪濤一步步湧上來，自己卻是無處可逃，最後只能仰著頭掙扎、情緒極度絕望，直到尚有氣息的鼻孔終究還是沒入滔滔巨浪中，而終結掉自己的生命嗎？人類那種無助、無語問蒼天的驚恐，你可以想像嗎？

這種感受，我在二度造訪南三陸町時，有著非常震撼的悸動，因為我遇到了一位逃過死劫的攝影師佐藤信一。

話說大地震發生時，行事謹慎的佐藤似乎深深理解南三陸町的宿命，認為大海嘯會接踵而至，於是，二話不說，拿著吃飯的傢伙——照相機，往山上高處的小學衝。沒多久，海嘯警報響起，接著，災難發生了……

佐藤拿起相機，記錄眼前驚悚的一刻。

海嘯一波一波湧進城市，堅硬的房子頓時全都浮在水面上彼此衝撞毀滅；尤其，眼見町立醫院一層一層被大水灌進去，那種無力可回天的心情，真是折磨。這時候，佐藤的長鏡頭鎖定醫院後方的消防局，因為那裡有很多民眾已經聽從指揮地躲到消防局頂樓避難，無奈，惡水卻還是一吋一吋地漲高，漸漸地，連頂樓都要滅頂了，民眾已經無處可逃，只能做垂死的掙扎；最後成功求生的，只有兩位消防員，因為他們死命攀爬到電線桿，才剛登上電桿頂端，巨大能量的海水已經完全吞沒其他人，也肆虐到他們的腳底

2

1 悲情的消防局，避難所卻成災難地

2 再厲害的堤防，都難逃海嘯摧殘

3 南三陸町全毀，醫院只能先這樣，照個X光也會透到隔壁去

4 海嘯來襲前，這個島是見底的，海水先是被倒抽，再回頭就已經變成黑色

3

4

下；就這樣，滾滾浪濤中，只剩一根細細的電線桿與兩個人，其他，完全化為烏有……現場再也看不出來，這大水底下有著無數的樓房。

這是我第一次看到寶貴生命是這樣流失的，內心無比震撼。

這次的隨行領隊兼翻譯 Makoto 是東京八王子一帶的人，大學畢業之後到北海道擔任 JR 列車長，對火車與鐵道文化情有獨鍾。為了這次的採訪，他在前一個月先進行勘景，災後的南三陸町也是他這位道地日本人在人生中第一次造訪，他說他當時哭了起來，因為他要找火車站，不但什麼遺跡都找不到，就連鐵軌也都已經扭曲變形，有的甚至已經毀壞到「鐵軌細如絲」的地步了。他說，看著那樣的鐵軌，他當場不忍地掉下眼淚，因為很難想像自己的國家遭逢這麼恐怖的災難。

聽他那樣描述，我也好奇地來到現場。原本熱鬧的火車站已經一片荒蕪，雜草叢生中只見一間臨時搭建的 7-ELEVEN，為熙來攘往的旅客提供一點餐飲服務；鐵道上，亂七八糟，不仔細看，你還真不知道那裡曾經有鐵路，但它真的已經極盡地毀壞，而當我看見那一根根彷彿成絲的鋼條出現誇張的扭曲型態時，也可以想像 Makoto 為何流眼淚了。

我回頭望一下遠方的隧道，火車，什麼時候可以再來呢？沒有鐵道、沒有車站，這裡什麼都沒有，一個全毀的城市要復興，談何容易？

原本充滿觀光資源的寶地，瞬間成為人間煉獄，尤其，這裡擁有品質良好的溫泉，附近那家我曾經造訪過的觀光溫泉飯店，是否也陷入絕境了呢？

於是我來到了南三陸町最大的溫泉旅館「觀洋飯店」！

它距離南三陸町大約十分鐘車程，建築在整座城市外的高地岩盤上，所以大海嘯來時僅吞沒它的一、二樓，就位置上來說，從飯店的方向望向遼闊的太平洋，左前方就是南三陸町。

由於飯店擁有整片超高又明亮的落地窗，當遊客抵達時，一定會被眼前湛藍清透的海景所深深吸引；我也是，映入眼簾的這一大片遼闊讓我頓覺心曠神怡；可是，下一秒鐘，我立刻想到，當這一片平靜的湛藍突然抓狂，變成吞噬大地的黑色惡魔襲捲而來，那又是另外一個恐怖的世界！我不由得還是望向左前方，遠方那一片覆蓋雪跡的白茫茫就是消失的南三陸町，唉！這片海灣雖然表面已經平靜，卻承載太多的憂愁……

大廳裡，人來熙攘間，我看見一位舉止優雅、盤著包頭的婦人正在親切地招呼客人，遠遠看著這位老闆娘阿部憲子，我好高興兩年後還有這樣算是絡繹不絕的旅客來到這裡，畢竟基本的經濟活動要啟動，才可能為死氣沉沉的災區注入新生力量。尤其，她很努力想幫助災區，震後一週年推出的「故事巴士之旅」，這是直接帶遊客去看南三陸町的行程，讓大家直擊海嘯所帶來的毀滅性災難，以直接落實地震教育。

我們一行人跟著上了巴士，基於記者本能的好奇，我仔細端詳車上的每一個人，

1 南三陸町立起一片片加油打氣的剪紙看板，彰顯當地傳統，也寄盼重生

2 曾經堆埋親人的瓦礫堆

3 鐵軌毀壞得一塌糊塗，JR來不了，交通中斷

看到底哪些人會願意走進災區，貼近這塊土地的哀愁。結果，有獨自前來的日本傳統阿嬤、有大學教授帶著研究生、有年輕男女相偕而來、還有金髮鬈毛的老外，他們絕大多數都來自外地，但無論是哪個年齡層，大家的心情都顯得沉重，畢竟這不像一般的郊遊，最起碼，也不適合有任何的喜形於色。

飯店女將與大批的飯店服務人員，在遊覽車外整齊地排成一列，並且彎下九十度的腰椎歡送遊客，這是非常日本特色的禮貌，然後，拉直腰桿，一直揮手道再見，會揮到巴士遠離視線為止。而我，總是會熱情地回應這些禮貌，畢竟他們是以認真負責的態度在對待自己的工作。

放下揮舞道再見的雙手，我開始注視著前方道路，不安，逐漸爬上心頭，因為我又要再次造訪南三陸町，上次來時一無所有，已經讓我震懾不已；這次兩年過去了，會有怎樣的變化呢？

結果，除了一根一根的電線桿被架起來，提供基本的電力設備之外，其他依然荒蕪，怪手還是來來回回地清理災區，這個重複的動作已經足足兩年了。零度低溫中，廢墟般的現場更顯淒涼。

唯獨跟上次不一樣的是，土地上豎立起一片又一片的剪紙看板，每一片都剪出了打氣的話語，像是「這裡是我的故鄉」「南三陸復興．大家加油」「美麗的風景依舊．我們寄託未來」，當地人們透過鐵板鑄造，把最能象徵南三陸町的剪紙藝術呈現在災區的土地上，代表城市可毀、但文化不死，總是有這麼一點源遠流長的文化牽絆，讓流離失所的人們找到一個可以相互取暖的慰藉與值得等待的明天。

如果不告訴你，這裡原本是座城市，你可能完全不曉得正走過一塊曾經繁華的土地。

巴士上年輕的導遊先生，用不疾不徐的平靜語氣，述說著海嘯來襲的種種。他不是在地人，原本在仙台工作，大地震發生前四個月才剛搬到南三陸町，沒想到遇上人生大劫難，雖然當時他花了三天時間才找到老婆和小孩，但總算是平安的，現在一家三口住在組合屋。重災區裡，什麼公司行號都沒有了，而原本在漁產公司上班的他也就立刻失業，好不容易現在有這個觀光巴士，讓他日子可以勉強過下去。

「這次的海嘯，不是只有一波，而是有第二波、第三波，一直來，尤其是最大的第三波，把這個城市完全摧毀掉！」導遊解釋著。

他說，這裡原本有五千多戶的，但大家從巴士望出去，卻再也看不到任何房子了，這種荒寂，到底要如何重建啊？尤其，整座城市地層下陷八十公分，都快一公尺這麼深了，誰又有能力把它抬高呢？

突然之間，路邊出現兩尊智利復活節島的大石像「摩艾」，這不是日本嗎？怎麼有智利傳統圖騰的石像在這裡？

智利送來悼念1960年海嘯的石像，也被沖毀了

導遊說，那是一九六〇年五月二十二日，南美洲智利發生規模九．五的超大地震，這是人類觀測史上規模最大的地震，也帶來了二十世紀最慘的海嘯，也就是幾天後，地震的巨大能量穿過太平洋，波及到半個地球遠、東北亞的日本，造成日本東北沿海地區嚴重的損害，南三陸町又中了。後來，智利送來有祈福意義的摩艾雕像，聊表歉意與慰問之意。

我看著這兩尊矗立了半世紀的摩艾，雖然位處高地，但依然敵不過海嘯侵襲，裡頭都空掉了。唉！海嘯命運彷彿像輪迴一般地，反覆糾纏這個地方……

大夥兒來到市中心，那個殘破的町立醫院已經被拆除了，倒是後方的消防局骨架依舊在，巴士在這裡停了下來，所有的旅客下車，很多人對著這個令人心碎的消防局閉眼合掌、低頭深深悼念，其中，我看見一位阿嬤不停地擦拭眼淚，同理心與不捨，完全寫在她充滿風霜的臉龐上。

我很禮貌客氣地走向阿嬤，她啜泣地告訴我：「以前只能看電視上的報導，但絕對沒有比我來到現場還要受到衝擊，我決定要當災區的義工，盡全力幫忙災區的人。」這是阿嬤深深的感觸，悲傷立刻化為行動。她看起來已經七十多歲了，還要投入災區當義工，可以想見，一場大災難的超級震撼，讓很多日本人不分男女老幼轉變生命的重心開始服務災民，同時理解到，對天災，必須存有著敬畏謙卑之感，但身為人類，也只能與逆境奮戰到底了。

另一個帶著學生來參加這趟旅程的岡山大學地域總合研究所助理教授岩淵泰，則兩眼泛著淚光，情緒頗為激動，他在受訪時一再壓抑情緒，說：「我現在的心情沒有辦法整理好，但我一定要把搭乘這趟災區巴士的經驗傳達給更多人知道，讓更多人知道災區的情況，這是非常重要的。」

至於來自蘇格蘭、留學日本的學生Eri則強調：「不要說以我日文的程度了，就算以我的母語英文來表達，我都難以闡述這種難過。」這位金髮的女學生震撼到無以言喻。

回到溫泉飯店，我去拜訪老闆娘阿部憲子，原本我以為優雅的女將總是會穿著日本傳統和服，不過，她告訴我：「大地震發生後我再也不穿了，主要是因為災民已經一無所有，而和服相對來說是一種高級服飾，我不想觸動災民傷心的情緒。」果真是個很有想法的女老闆。

這位五十多歲的憲子小姐，這一生跟海嘯的命運相繫真的是沒完沒了，她的父親原本在日本東北一代是賣魚的商人，無奈一九六〇年遇到智利大地震所帶給日本的大海嘯，導致人生資產歸零，怎麼辦？只能一切積極重頭開始。隔年他就開了水產公司，上軌道之後，開始創辦飯店，尤其，他的飯店只挑堅硬又位處高點的岩盤上蓋，就是為了閃避日本東北會遇到的地震與海嘯，像是已經有四十二年歷史的觀洋飯店，就是位處岩盤高點，這次三一一大海嘯把最低的一、二層淹掉，和重災區相比，已經是不幸中的萬

從觀洋溫泉飯店望向消失的南三陸町

幸了，也讓憲子小姐得以花五億日圓重新整修，但她的家族產業可是深受重傷。

阿部家族在日本東北經營水產公司、飯店、禮品店和婚宴場，加起來總共有二十個產業，分佈在氣仙沼、大船渡、石卷市和南三陸町，這些城市全是東北海濱大城，全部被海嘯攻陷，導致產業在三一一之後只剩四個。

二十個剩四個，而且僅存的四個也傷痕累累，我想，換作我是創辦人阿部老先生，一定會備感挫折，因為人生到底要被海嘯打擊多少次呢？

但，賴以生根的土地，真的很難說走就走，資源、人際、情感都在此維繫，離開談何容易？這跟在台灣一樣，每每遇到土石流災情，就提「遷村」，說得簡單，可是對那些早已跟土地相依為命的原住民來說，離開後去哪兒？怎麼維生？都是非常現實的問題。

說到這裡，如果再想到核災區，更可以想見它有多麼扭曲人性了，因為你不得不離開，空氣與環境已經被輻射佔據了，容不下人類繼續待著，否則就是死路一條；而且，一刻都不容緩！

唉！相對來說，南三陸町這裡的人起碼還可以自由呼吸空氣，儘管一無所有，非常悲情，卻還可以在故鄉積極重生，只是海嘯夢魘恐怕永遠揮之不去！

憲子小姐說，地震發生當時，她正在溫泉飯店的五樓大堂開會，地震之大，讓她深知接下來一定會有海嘯，趕快要求飯店內所有的人，包括旅客和員工總共三百五十個人，全都撤離到飯店後面的山上避難；然後，她看見湛藍的大海整個退潮，這一幕，讓她背脊發涼，心想，完蛋了，大海嘯真的要來了……

尤其，這種恐怖的退潮，是退到連海灣內的小島都已經見底，也就是，他們竟然看見海底了，大家全都目瞪口呆，心想，大海整個往後縮，蓄勢能量後，接著撲過來的會有多驚天動地，大家愈來愈驚恐……

緊接著，恐怖的景象發生了，那一片汪洋的顏色，竟然瞬間由藍轉黑，沒錯，是黑色的大海衝過來了，觀洋飯店這些位於高處的人們只能在寒天中緊緊相擁、眼睜睜地看這美麗的南三陸町變成人間煉獄，無語問蒼天！

此時的憲子小姐，只能雙手合掌，拚命地對著老天祈禱，希望憐憫蒼生，內心震懾到說不出話來；尤其，內心的另一個恐懼是，家人在哪裡？老公呢？女兒呢？來得及逃生嗎？都安全嗎？海嘯沖垮了所有的通訊設備，沒有人可以知道外頭的世界，她焦急到都快亂了方寸，但，身為飯店老闆，她也只能咬緊牙根，先盡全力保護並照顧眼前在飯店的三百五十個人。

整整有四天的時間，憲子小姐還是不知道老公跟女兒的下落，內心非常煎熬，可以想像災區到處充滿這種「無法聯繫」的極度焦慮，她只知道老公在氣仙沼開會、女兒正值下課時間，然後呢？音訊全無！

「大海嘯過後，眼前就是個地獄！」憲子小姐說：「整座城市八〇%以上的建築物統統不見了，公所、車站、醫院、超市，全都沒了，原本歡樂的城市，盡成瓦礫垃圾，要在這裡頭找親人，你知道那種痛楚嗎？沒路、沒燈、沒水、沒電、沒油，什麼都沒有！」

活下來的人，歷經椎心之痛，而眼前迫切的問題是，無處可去！由於政府提供的避難所有限，憲子小姐立刻把自己這家位處岩盤高處的飯店提供為避難所之一，於是，又湧進兩百五十人，加上原本的三百五十人，整間飯店已經有六百人需要她的照顧，使命感來了，畢竟，這是自己的故鄉、自己的鄉親。她把能用的資源統統貢獻出來，在萬般困頓的環境之下，還是設法提供吃住穿的基本需求給災民；尤其，他們有長達四個月的時間沒水，但靠著政府與民間的緊急支援，大家一起撐過家毀人亡的苦難。

接下來的日子，憲子小姐看到的都是哭泣與眼淚，雖然她家的產業毀掉五分之四，但她還是設法讓自己成為天使，為災民加油打氣。不過，整座城市毀了，人民無望，隨著日子一天一天過去，離開南三陸町的人也就愈來愈多，她說，原本南三陸町有五百六十二家公司，地震後，宣告倒閉的公司就超過一百家，茫然不知未來的也超過兩百家。

未來是什麼，早已在淚水中模糊不堪了……怎麼辦呢？她只好經常舉辦一些活動，讓災民暫且忘記這場千年災害所帶來的悲情，也希望從中找尋積極重生的觸媒。

至於先生和女兒，憲子小姐是在四天後聯絡上的，知道他們起碼是安全的，心中忐忑不安的巨石也終於放下。

後來的日子，憲子小姐更在飯店開設課業輔導教育班，因為不希望災區的孩子連教育資源都付之闕如，所以舉凡英文班、繪畫班、珠算班，她都請老師來教，期待讓孩子不至於因為城市失去功能，就無法順利考上好學校。真的，要許一點未來，才可能為現在帶來動力！

觀洋飯店，這間日本東北陸中海岸最大規模的度假飯店，就這樣，成為日本大海嘯災難的溫馨避難所，直到組合屋蓋好了，災民才離開。兩年來，老闆娘一直在設法提振

1 南三陸町觀日出是一大特色

2 觀洋飯店老闆娘阿部憲子推出的鮭魚卵丼飯取名「閃亮閃亮」，象徵希望重生

3 救災的溫泉飯店女將，加油！

大家的元氣，到處散播正向能量，像是她推出的鮭魚卵丼飯，又圓又大的鮭魚卵堆得都快滿出碗了，象徵東北物產豐富沒有受到影響，並為它取名「閃亮閃亮」，希望能以一點巧思，多多照亮大家的心情。

其實，這家溫泉飯店最大的特色就是觀日出，而且號稱是日本第一的太平洋日出，所以，我們特別留一夜，目的就是要早起拍攝傳說中的日出奇景。

時辰一到，「沒錯，太陽，以金黃色萬丈光芒的氣勢，直接躍上東方海面，看起來不但恢宏壯觀，又擁有豐富與多層次的色彩！」這是我看見日出的無比驚嘆，我請Makoto充當模特兒泡湯入鏡，這裡的溫泉是在二〇〇四年往地底深挖兩千米所挖到的，泡在偌大的露天池裡，彷彿跟海平面連在一塊，溫泉加上海天一色，其實是非常享受的；但我的眼神難免還是會眺望到不遠的前方，那一大片的「白」，白雪覆蓋了大地，遠遠看，同樣與大自然融成一景，但這片白卻是承載無盡的哀愁，多少生命與家庭在這裡被摧毀了，城市，彷彿不著痕跡的就這樣消失了，大自然就是這個道理嗎？

我看著東方的日出，那一輪的火紅，不就像日本國旗嗎？這個叱吒全球的日出帝國，卻逃不過地震與海嘯的摧殘，加上無解的人為核災，甚至，人類世界唯一的原爆災難也在這裡，這樣的哀愁如何載得動呢？天佑蒼生啊！

承戴著喪子之痛的山茶花油

陸前高田，這四個字在地震發生時就深植腦海，因為透過日本ＮＨＫ的衛星畫面，當時在主播台上我就已經看到怵目驚心，偌大的城市破爛成廢墟垃圾，而且似乎沒有邊界，畫面上真不是一個慘字可形容。

當時，看見倖存的人宛如失掉靈魂一般地，走在成堆如山的廢墟間，只想要找到親人的那種徬徨無助，我的心跟著在淌血。

二〇一三年一月十六日，我終於來到陸前高田。

這個城市的全毀，比南三陸町更慘，因為它平地範圍更大，山比較遠一點，要逃難上山相對更花時間；更有甚者，山也被海嘯入侵攀爬上去，使得市民死傷慘重，根據官方的統計，到二〇一二年八月十一日的統計，死亡人數為一千五百五十五人，失蹤人數為兩百二十三人。每一個冰冷的數字，都是寶貴溫熱的生命。

我來到市政廳，一股蕭瑟感襲上臉龐，三層樓的建築已經完全空掉，只剩淒涼的骨架；大門口立了一個桌子，上頭有鮮花、枯花，還有各式各樣的祈禱與誦經的牌位，旁邊更有摺滿的紙鶴，一條條垂掛下來，可以想見，有多少人陸陸續續來到這裡，傳達對親人的思念。

頭往上抬，梁柱上的四個大字「搜．索．終．了」，讓我心頭又揪了起來，不搜索了，意味著失蹤的人將從此杳無音訊，也許，隨著惡水沖到浩瀚大海了；也許，在嚴重的衝撞中已經粉身碎骨，與塵土同葬於悲泣大地。唉！所謂「活要見人，死要見屍」在這裡根本是個奢求，但，自衛隊和消防團真的也已經盡力了。

大門口的右側，還立著一個約五十公分高的褐色石碑，雖歷經大海嘯的摧殘，但依然屹立不搖，上頭刻的是「陸前高田市民憲章」，依然清晰可見：

一、珍惜自然，作一個美好的城市。

二、家族和樂健康，作一個開朗的城市。

陸前高田整座城市夷為平地，後方最大商場也只剩骨架，海嘯甚至推進到遠方的山區上，雖距海邊有七公里遠也全部遭殃

三、對工作有毅力，作一個充滿活力的城市。

四、關心別人，作一個和睦相處的城市。

五、提升教養文化，作一個高度文化的城市。

字字句句中可見它們追求的，是美好的、開朗的、活力的、和睦的、文化的城市，可見人民精神層次的豐厚，只可惜，最終卻連最基本的保命基礎都沒有。

旁邊的 Maiya 商場，同樣也只剩鋼架，三層樓的建築物全毀，足見陸前高田的海嘯起碼十米高，鋼筋水泥全部扭曲變形，何況人類的血肉之軀呢？旁邊還有一間只剩階梯的殘骸遺跡，我判斷，它應該是電影院或是表演劇場吧？才有這樣的室內階梯，足見我所站的位置應該是昔日非常熱鬧的地方，但現在只剩一大片長滿雜草的雪地。

更有甚者，從海邊算起七公里遠，這麼大的範圍全遭海嘯吞噬，因此，海嘯衝上山，在陸前高田同樣看得見！

你還記得所謂重災區「奇蹟一棵松」的故事嗎？指的就是陸前高田，這裡原本有七萬棵具有三百年歷史的松樹，無奈海嘯一掃，全倒，最終只剩一棵，孤寂地在滄桑大地上做最後的喘息，很多人把它視為不被打倒、積極重生的象徵。

我來到陸前高田，當然也想親眼目睹這一棵松樹的奇蹟，無奈造訪時，這棵松樹還是倒了，主要是因為老松的根部實在難耐海水鹽分的腐蝕，最後逐漸枯死，地方政府決定把它砍下來後分解成好幾段，送到京都一家生物研究所進行防腐處理，然後擇期再把它運回原地組合，以重現老松英姿，畢竟它已經是個精神指標了。

沒錯，荒蕪中重生的動力不能消失倒下，這一天，我就是要到陸前高田尋找東日本另一個熟悉的味道——山茶花油。

老闆姓石川，他的父親從一九五二年開始製油，好品質贏得口碑，成為東北一帶最知名的山茶花油品牌，現在是第二代掌門，石川夫婦在地震發生時，分別是六十二歲與六十一歲，海嘯掃過後，他們一甲子歷史的製油工廠全毀，家也沒了，更重要的是，唯一的兒子死於海嘯，讓這對夫婦完全被打趴在地，人生徹底絕望，哀莫大於心死，他們一點兒都不想起身。

石川先生告訴我，地震發生的時候，他們夫婦和兒子媳婦，一家四口是一起快速往山上逃的，眼見已經逃過步步進逼的海嘯惡水，但兒子基於自己是消防團成員的責任心與使命感，卻又折返回去救災，就這樣，從此天人永隔。

類似的故事，我在災區聽聞很多，他們的消防團也就是我們的義消，當目睹這麼大的災難、成千上百人在海嘯中掙扎待援時，如果是你，會不會奮不顧身地前往救援呢？身為家屬，其實寧願兒子別成為英雄，也不要世人來安慰你該以兒子為榮，他們只希望，兒子，活著就好。

事與願違，石川夫婦傷心地待在臨時避難所，認為生命已經失去意義，尤其，石川太太更是完全不想看到大海，她痛恨大海，因為她覺得是大海奪走兒子寶貴的生命；甚至，她也不想聽到有人再跟她提到「山茶花油」這幾個字，因為他們夫妻對兒子寄予的期待太深，努力了大半輩子，就是要把這塊東北最閃亮的油品招牌交給兒子。現在兒子沒了，他們覺得再做油也沒有意思了！

接下來在組合屋的日子裡，有更多老顧客寫信跟石川夫婦說真的很想念他們家的老味道，但石川太太都把信給扔掉了；後來，消防團有人在偌大的城市廢墟垃圾中找到第一代「石川製油工場」的老字號木製招牌，心喜找到寶貝似地，趕快把頗具歷史風霜感的招牌送到石川夫婦跟前，但石川太太卻還是一點兒都不想看到，她要求消防團成員拿

後方的這個老招牌遭海嘯沖走，又被找回來，石川家卻要求燒掉，覺得人生已失去意義

去燒掉，但那塊老招牌可是第一代石川老先生當年親手寫的，又是響噹噹的名號，早就被視為是日本東北的重要資產了，沒人敢燒，只好暗自把招牌放在倉庫裡。後來，岩手縣的縣議員又帶著那塊招牌，再度拜訪石川夫婦，希望大家一起加油重建老產業，依然鎩羽而歸。

議員沒效，接著有一位消防團成員的老母親來了，語重心長地告訴石川太太說，「這人世間有許多重要資產，不是就這樣把它燒了就算了」「人死不能復生」等等。其實，大家都想鼓勵石川夫婦振作起來……

有一天，當地的報紙報導了這個消息，說「老字號石川製油工場在地震海嘯中全毀，決定要關門，『氣仙椿油』即將走入歷史」，結果，一位樂善好施的養護協會青松館館長中村先生看到了，他覺得，石川製油廠是氣仙一帶的寶，海嘯已經帶走太多了，不能再失去了，他開始設法了解自己能夠幫什麼忙？

後來他想，如果自己把什麼都準備好，這對喪子的石川夫婦是否可以走出陰霾呢？

於是，他向政府申請重建補助經費，把自己位於高處的青松館館前的停車場，闢建成八十五平方公尺的簡易型製油工廠，買齊榨油設備，然後結合各個非營利社團組織的成員作為撿拾山茶花種子的人力，不管是老人俱樂部或是小學生們，大家動起來，到山上撿了一噸重的山茶花種子回來，再由養護協會的人力幫忙做種子與石頭的分類，然後行政人員則幫忙石川製油廠做任何需要銷售的行政事務。就這樣，中村先生帶著果實與滿滿的誠意，去找石川夫婦。

終於，這無比的誠意與行動，化解了石川太太心中被悲憤築起的高牆，夫妻們看見眼前這一切真摯的同胞愛，還能再漠視陸前高田人搶救日本最棒的傳統山茶花油嗎？

氣仙這一帶，是日本能收成山茶花的最北端了，所以他們的產品會標示著「北限的特產品」，種子會自己掉下來，特色就是黏度和硬度高，炸出來的油純度也比較高，做成可食用的「氣仙椿油」，在料理中不管是炒菜、煮湯、炸天婦羅或做義大利麵，都別有風味。

在大家的力拱幫助之下，石川夫婦終於願意親手捧著那塊父親留下來的老招牌，再度把它掛起來，儘管這是一間簡易的工廠，但這一刻，真的讓大家覺得災區的希望萌芽了，起碼家破人亡的災民願意走出絕望與死寂的枷鎖。

我請石川先生秀一下他榨油的絕活，他把已經檢拾分類過的種子敲碎，倒進焙煎機，溫度設在六十度，好讓水分蒸發，乾燥完之後的種子倒進榨油機，怎麼榨？這時候就靠老師傅操作機器的技術了，只見石川先生掌著舵，不斷地拿捏榨油的力道，不一會兒功夫，原本的種子已成渣，最原始的山茶花油就這麼榨出來了；但種子渣還是有一點油成分，於是還要再進行二番榨，此道功夫要在渣上榨油，難度更高，但石川先生卻易如反掌，這就是老經驗老功夫做出來的老味道。

「一級棒ㄋㄟ！思勾依！」這是我能立刻傳達的簡易日文了，稱讚石川先生好棒，終於，看見他無邪的笑容了。有著一副帥氣精緻五官的他，笑起來還真靦腆迷人，只是難掩海嘯喪子的憂愁，但，日子還是要走下去，藉由「傳統的油復活了」行動，我相信，找到重生的力量，才可能忘卻悲傷。

剛剛榨出的最新鮮的油，在色澤上還沒有辦法非常清透，此時，石川先生再透過另一部加熱機與精油機，就過濾出黃澄澄、像黃金般的一級棒椿油了。我隨著石川太太的腳步進到包裝室，她非常純熟地進行包裝作業，整個生產流程，我所看到的都是純手工精製的油，非常天然與純淨，這是日本人的品質保證，尤其，在東北，更有著堅持傳統的品味。

接下來的專訪，翻譯 Makoto 顯得戰戰兢兢，因為他非常怕觸動石川夫婦難過的情緒。

對於專訪，我其實已經非常老經驗了，尤其，在台灣，我經常透過誠摯的語言、聆聽與感同身受，把一些各行各業的強人弄到淚灑攝影棚，談出一些好故事與好內容。但在日本，我不會講日文，是必須透過翻譯傳達類似的感覺，語言，相當程度地主宰訪談的成功與否，這回，我充分尊重 Makoto 如何翻譯或不翻譯我的問題，因為這原本就是我的理念——尊重受訪者的感受。

然而，信任，往往是成功專訪的契機，在進行訪問之前，我已經花了很長的時間與石川夫婦互動，我相信，他們也感受到我的誠意與真性情了。一切就緒後，我才讓專訪開始。

果真，訪問才剛進行沒多久，石川太太就流下眼淚了，她說，有三天的時間她瘋狂似地到處問：「我的兒在哪呢？」直到第三天，確定兒子的死訊，也讓她徹底崩潰。她說，兒子的死對他們夫婦打擊太大，才知道世界末日是這種感覺，她也知道很多人希望她振作，「但石川家沒繼承的人了，我們兩老繼續做椿油有意義嗎？」這是她一開始走不出來的原因。後來，是大家的真心需求，幫助他們夫妻繼續活下去，因為知道自己活著還是有一點點意義的！

「你還想回到陸前高田嗎？」我小心地發問。

「不，一點都不想，我不願意再看到大海了！」石川太太斬釘截鐵地回答。

「即使政府願意把土地墊高？」

「嗯！我還是會住在山丘上，住在永遠看不見大海的地方！」

這是石川太太淚眼中的堅定，我可以想像她之前有多麼憤恨，那種即使老招牌抬到她眼前她都無動於衷、還棄之如敝屣的苦痛；人世間，沒有什麼能取代寶貴的生命！

訪問結束，我們在寒天中熱力告別石川夫婦，我終於看見石川太太的笑容了，我知道她內心的創痛很難癒合，這也是我在災區遇到第一個永遠不想再回到故鄉的人。不願

1 駕駛這台榨油機，石川先生可是高手

2 痛失愛兒後，再也不想看到大海的石川太太

3 鋼筋水泥建造的建築物都如此破爛，何況血肉之軀，這個有階梯的廢墟也許之前是家熱鬧的戲院吧？

再踏進傷心地，因為背後承載太多的憂愁，但起碼，災區互助的能量，也讓我驚見它偉大的力量！

在往下個目的地前進的途中，我突然望見廣大空白的雪地裡，插著一束鮮花，我請車子停下來，徒步靠近它，凝視著花束，我在想，這裡，又是什麼樣的故事呢？只希望，災難不要再來……

水火夾攻‧只能放棄救援

三一一千年災難，我在台北攝影棚播報晚間新聞的那一夜，最讓我難以想像的一幕，是整座城市陷入火海，那種暗夜裡無盡的通天火紅，比兩伊戰爭的真實轟炸還要怵目驚心！我一直在想，整座城市都在火燒，請問，要怎麼救火？要燒多久？水火夾攻下的百姓蒼生怎麼辦？

這個城市，叫做「氣仙沼」！

「氣仙沼」這樣的文字組合，感覺有仙人居住，然後又有很多沼氣，所以引發嚇死人的火勢嗎？這是我當時為了記住地名的自我想像，但其實，這裡以盛產魚翅聞名，更是日本最早推行慢食的城市，它是一個道道地地的漁港大城，跟長崎港是一樣的規模，災難之前，當地的鰹魚漁獲連續十五年都是日本第一。然後，它是宮城縣最北方的城市，緊鄰的就是岩手縣最南方的陸前高田市，如果你看過陸前高田的故事了，就可以想像這個城市面臨怎樣的海嘯災難。

二〇一二年三月一日，一個午後時分，我來到氣仙沼。

国土交通省

城市的模樣，只能從僅存的一點地基追憶

車上的攝影國旭正在睡覺，我連忙叫醒他。

「該醒了，這裡就是氣仙沼！」我在他耳畔輕輕嚷著。

「也就是？」攝影不解地問。

「就是那個整座城市都陷入火海、大船駛上陸地城市的地方啊！」我解釋著。

攝影立刻揉揉惺忪的雙眼，拿起攝影機往車外跟攝，一路上，到處可見飄移過的水泥房屋，像是積木零件一般地，隨易散置在任何一個地方。我強調的是，水泥房屋喔！不像南三陸町那種日本傳統木造房舍，這裡到處是堅硬的鋼筋水泥，卻也這樣被海嘯解體漂流。

當然，陸地上到處可見的，還有大小船隻！海水衝上陸地，這個漁港大城當然有更多的船隻隨著上陸，景象很是諷刺。

「不是海嘯嗎？為什麼整座城市會陷入火海？」攝影一邊拍，一邊納悶地問著。

「因為海嘯沖垮了漁船用的油槽，這個大漁港用的油槽也很大，大量的油流出來，碰到各項也被摺倒的電力設備，很容易引發火勢，然後這些燃燒物又隨著海嘯到處漂流、到處引發火勢，就這樣一發不可收拾了！」

「那怎麼救？」

「只能讓整座城市燒完，沒別的法子！」我說。

「真的？」

「嗯！前消防署長趙綱是這樣告訴我的！」我回憶著。

那是三一一隔天的上午九點到十一點，我在三立新聞頻道開闢了即時的海嘯特別報導節目，我一向不喜歡邀請「什麼天文地理八卦他都懂」的名嘴，雖然我知道這種譁眾取寵的名嘴口才一流，總能賺點收視率，but come on！這是扎扎實實的大災難，我需要專家來解惑。於是，我在前一天晚上播完晚間新聞之後，開始研究並邀請隔天一早的來賓，除了找地震、地質、海洋等三類學者專家，以及一位工程結構學博士的留日立委之外，始終牽掛在我內心的，就是氣仙沼的整城火海要怎麼救的問題，我決定邀請前消防署長趙綱上節目，這些來賓，我都一個一個親自敲通告，親自溝通，就是要大家務必根據問題、根據所學專業，提供給觀眾朋友。

「氣仙沼，整城火海，怎麼救？」我劈頭就問趙綱署長。

「只能兩手一攤！讓它燒完！」他的答案令我印象深刻。

「蛤？放棄？」

「是！」

「沒別的法子？」

「沒有！」這是消防單位最高首長斬釘截鐵的答案。

其實，當我確定「放棄」的字眼時，內心真是淌血！這不叫生靈塗炭叫什麼呢？當時估算死傷數字是近六百人死亡，一千四百二十二人失蹤。各位試想，在海嘯災區，所

1 一年後，氣仙沼仍到處可見漂流的大小船隻

2 氣仙沼登陸近一公里遠的大船「第十八號共德丸號」

3 鋼鐵汽車成廢鐵，在氣仙沼到處堆積如山

4 氣仙沼水泥房屋漂流的情況嚴重

謂「失蹤」就是找不到屍首，海嘯都可把鋼筋水泥解體了，你認為血肉之軀呢？這裡的罹難人數超過兩千人！

這些驚悚的數據背後有太多悲傷的故事，這次來到氣仙沼，我沒有鎖定哪個人物故事，而是要帶觀眾看水火夾攻後的氣仙沼市，所以，先往那個被海嘯推上陸地八、九百米的大船前進。

遠遠地，我就看見這艘超大的「第十八號共德丸」號漁船，長六十米，重三百三十噸，大船就這樣上岸，還距離海邊將近一公里，可以想見海水的威力；而被它沿路衝撞的人與建築物呢？真的很難想像。災難電影的驚悚畫面又反覆在腦海中播放了，每每看見的，都是驚恐萬分、又亟待救援的臉孔，這個城市想必有更大的劫難。

內心才直打寒顫，氣仙沼的寒氣又逼得人快要抓狂，我急著下車往大船奔去，忘了戴手套的結果，就是手指頭已經瞬間凍僵到難以靈活運用，攝影也冷到唉唉叫，但我們忍著，繼續採訪的工作。

「第十八號共德丸實在太大了，要搬移也很困難，是否就直接留在原地，作為地震海嘯的紀念呢？」我在反覆觀察過船隻之後發出疑問。

「這艘船登上內陸這麼遠的距離，確實已經活生生成為一個紀念海嘯災難的象徵物，政府正在考慮把它就地保留，讓後代世人記得這個恐怖的災難。」氣仙沼市產業部水產課的副參事這樣說。

這是當時大家的認知，不過，兩年後，當地市長菅原茂對市民進行一項公投，結果六十八%的市民希望移除這艘大船，因為他們說，這艘大船只會讓他們回想起痛苦的回憶和逝去的親人；至於贊成保留漁船的，認為把大船作為災難遺跡，可供人們緬懷並紀念日本地震中近兩萬個不幸罹難的生命，不過，贊成的氣仙沼市民只有十六%，因此，市長也只能因應這項投票結果，儘管他個人是贊成保留災難遺跡的。

我們採訪團隊繼續從這個內陸一公里處往海邊前進，這裡是大範圍的被夷為平地，想必當時是被海嘯沖垮又繼續燒到精光。我每每只能靠地上殘存的地基來辨識與想像原先城市的景象，但顯然這裡被毀壞到摧枯拉朽的地步，很多地基似乎也被連根拔起。

終於來到海邊，一個又深又長的天然港灣，海鷗在天空翱翔飛舞著，但這樣的港灣也成了海嘯長驅直入的渠道，誰也阻止不了。

這裡的地層下陷達七十五公分，只見海水不斷地躍上碼頭，滿潮時更完全浸水，看不到海岸線；碼頭工人正在進行堆砂墊高的工程，設法先填土抬高一百一十五公分，但範圍太大，這樣的工程進度非常緩慢。

走進規模龐大的漁市場，過去是絡繹不絕的漁獲交易場，氣仙沼官員立刻帶我們登高到頂樓，他說，這裡在海嘯來襲時成功避難一千人，當時差一點點連頂樓也要被吞噬，還好樓夠高夠堅硬，也沒遇到像是第十八號共德丸號大船的直接衝撞，成功挽救生命；但現場驚險程度依然破表，因為兇猛的海嘯一下子就讓整座城市淹沒在海水裡，他們可是幾乎腳踏汪洋目睹眼前這一切的劫難！

這個大漁港擁有非常先進的漁產加工事業，但慘遭水火夾攻後，所有的冷凍工廠與設備全數陣亡，水產加工區的全毀，導致漁民即使再如何勇敢地重新開始去貸款買漁船出海去捕魚，回來也沒有任何後援設備可保鮮，這一條鍊的產業模式完全遭到破壞。

但日子還是要過，大災難後三個半月，當地的漁港在二〇一一年六月二十四日先暫時啟用，在很多漁民沒船失業的情況下，漁獲量最多也只是過去的三成，但總是讓能動的先動起來；而且，即使你捕到大量的漁獲，在後端水產加工區與冷凍城都無法運作的情況下，一切也都是枉然。災後震作的漁民，只能先搶賣新鮮漁獲，一切彷彿回到遠古時期一樣……

是否，人類拚命地發展新科技讓生活更便利，但，大自然的力量卻總是拚命地再把它拉回最原始的生活樣貌？

在氣仙沼的天寒地凍中，這是我最刻骨銘心的感受。

與世隔絕，恐怖的寂靜

在三一一千年大災難發生當時，透過日本衛星即時傳輸的影像，有一個畫面讓大家看到怵目驚心又無法理解——海嘯湧進來了，卻是黑的，整片的黑潮襲捲過來、越過海堤，衝進宮古市，頓時之間，大船跟著黑潮進城，遇到陸橋，直接攔腰折斷；然後，黑潮翻攪了陸上所有的車輛與房子，全都浮在水面，海嘯就這樣承載更多的致命武器往前衝，所到之處，無一倖免……

那種慘況，可想而知；但，為什麼海水變成黑色的呢？

這真的是大開眼界，南亞大海嘯造成約二十八萬人死亡，死傷之慘烈令人咋舌，但觀眾很難體會那種超級災難的現場，因為沒什麼畫面；反觀死亡約兩萬人的日本三一一大地震，因為先進的日本有著完整的影像紀錄，而讓世人更明白海嘯是怎麼回事。但在這之前，不管是南亞大海嘯部分新聞畫面捲起的浪花，或即使是災難電影所呈現的海嘯動畫特效，我都不知道，原來它襲捲而來時會是黑到令人震懾。

為什麼是黑色？有人說，是因為地體的彈跳作用將海床堆積的汙泥擾動了，當海底

宮古在海嘯襲來時盡是黑潮魔鬼，這一幕，相信大家印象深刻

沉積物質都捲上來時，自然就呈現黑色的海嘯；也有人說，是因為日本習慣把進口的煤炭儲放在沿岸海床，所以出現「黑海潮」。

說得簡單易懂，但真實所見時，彷彿惡魔降臨。那一刻起，這個畫面永遠烙印在我的腦海裡，想忘也忘不了，那吞食整座城市的黑色海嘯！

第三度再訪日本三一一重災區岩手縣，我決定回到宮古市那個黑潮來襲的地點，要用相同的拍攝角度，來感受那一刻的驚恐；同時，也要拜訪一位海嘯來襲時，正在開火車的鐵道駕駛員。

二〇一三年一月十四日清晨六點多，我來到宮古市黑色海嘯越過堤防的拍攝點，時間太早，路上沒什麼人車，這裡過了兩年，看似船過水無痕，但對照災難來襲時的畫面，內心實在激動。我轉頭看著那個折斷船隻的陸橋，災後兩年已經有多處修補，而海嘯捲走太多房舍，因此，到處可見「空地」，想重建，恐怕是條漫漫長路。

我在現場清冷的空氣中多所沉思之後，驅車趕往宮古車站，一想到要採訪鐵道故事，內心就相當振奮，因為我相信，每個人生命中都有屬於自己的鐵道故事；更何況，今天要拜訪的，是一位逃過海嘯的駕駛員。

想像著，海嘯追著火車跑，那會是什麼情景？尤其，上次南亞大海嘯，斯里蘭卡整列火車被海嘯撲倒的震撼記憶猶新，這回能在日本找到劫後餘生的駕駛員，讓我迫不及待想聽他的故事。

宮古車站，一個有著傳統日式鐵灰色屋瓦的建築，它曾經在二〇〇二年入選東北車站百選，被稱讚是「吹得到海風的繁榮港市之車站」，前方有著一尊高高抱起海鷗的玉女戲水雕像，碑文上寫著「這裡是日本本州最東端」，完全映照出當地海洋城市的特色。最東端，也意味著，海嘯來襲時首當其衝的地點。

我們一行人進到車站二樓，那是站長富手淳的辦公室，他也是三陸鐵道旅客部長，但我們來得太早，部長還沒到，於是我開始跟 Makoto 學習禮貌問候的日文用語。

「Yoroshiku O negai-shimasu」，我跟著 Makoto 的發聲，用英文寫下來，原來，這句就是「請多多指教」，他交代我，與人見面時可使用，是禮貌用語。

「哇～真長ㄋㄟ！」我小小埋怨一下，然後設法背起來。

因為我之前經常到日本採訪，學了幾句日文，像是整句的自我介紹「我是台灣來的電視台記者主播，我姓陳」，好讓對方知道我的來歷；以及「這裡是哪裡？」好辨識地理位置；還有「後車廂請打開」，因為要放攝影器材；另外，像是「請給我收據」，因為得報帳；還有幾個單字，「請開快一點」「謝謝」「對不起」「請」「好吃」「請再給我一個」「很抱歉，我不懂日文喔」等等，都很實用，但連日來，看到Makoto跟日本人互動的問候語一堆，我也就趕快來學一段。「Yoroshiku O negai-shimasu」，嗯，愈講愈順了。

過一會兒，部長來了，我立刻現學現賣，故意用不太準確的發音、外加長長的自我介紹，只見他立刻展露笑顏，彼此距離拉近了，我們也開始規畫一整天的鐵道之旅，要看這個本州最東岸、沿著太平洋美麗海岸線興建的三陸鐵道，復建之路有多艱辛。

首先，趕快下樓去找那位火車開到一半遇到三一一大地震的駕駛員，災難當時四十六歲的下本修先生。

感覺好像對這個人心心念念一般，當本尊出現在面前時，還有些見面的喜悅。他穿戴整套燙得筆直的黑色鑲金領邊的制服，很傳統的日本斯文男人長相，深邃的雙眼皮、高挺的鼻子、薄薄的嘴唇、配上白皙的肌膚，然後臉龐上有著絡腮鬍的基底痕跡，只是刮得很乾淨。下本修先生還戴著金框細邊眼鏡，什麼都對，就是他閃爍不安的眼神吐露著淡淡的憂愁，看起來很憂鬱、很拘謹，好像有一點歷劫歸來、驚魂未定的感覺。

果不其然，他講起話來非常保守，那麼，我得多花點功夫磨，才可能讓他從緊張的情緒與緊閉的雙唇中講出好故事。沒關係，對於訪談的工作，我就是可以不厭其煩。

慢慢地，他告訴我，三一一當天他當班，從早班車開始工作，開著三陸鐵道最具

三陸鐵道列車馳騁在太平洋濱的山巒之間

特色的兩節彩色列車，往北開到三陸鐵道的終點站後，再往宮古回開，中途，下午兩點四十六分，地震發生了。

規模九．○的超大地震，這位溫厚的下本修先生卻說，火車正在行進中，他其實沒有太大的感覺，反倒是行控中心立刻通知他必須緊急煞車，他趕快照辦，這時候，突然感覺到劇烈的搖晃，車廂兩旁的樹木，更是打得嘎嘎作響！

搖完之後呢？開始出現恐怖的寂靜了，下本修再也沒有收到任何新的指令，甚至連外界一點點訊息都沒有，他不知道這個世界現在怎麼樣了，完全沒有資訊。

提到這種「地震後恐怖的寂靜」，我在一九九九年台灣九二一大地震時，真是領略到極致了。當時，凌晨一點四十七分，我在內湖家裡睡覺，規模七．三的地震一來，那種上下震盪的猛力一震，令人不想驚醒也難，我直覺這場地震恐怕對台灣是個大災難，二話不說，先拿起電話直撥給總統幕僚，了解最新情況及總統可能的相關指示，果真，大事不妙，我立刻在斷電的黑暗世界中摸索，開車直奔電視台。

地震後二十分鐘，我已經到電視台了，同事們也陸續趕來，第一個最早獲得資訊的災難點就是首都台北市的東星大樓，倒得一塌糊塗，居民受困情況慘重，我們立刻派出SNG車到現場。儘管台南以北全部停電，根本看不到電視，但基於新聞職責，還是盡全力採訪報導與轉播。

第二個傳來的災難點同樣在大台北地區，亦即新莊「博士的家」社區，大樓早已斜躺在地，現場樓層交錯層疊，警消全力救援。這兩個地方都位於資源豐沛的大台北地區，不但立刻獲得大批救援，電視台等SNG車也全員到齊，新聞資源更是鉅細靡遺的服務。

至於我，則帶著另一台SNG車直奔消防署，因為我是政治組最高長官，又主跑中央政府最高層，當時的副總統連戰和行政院長蕭萬長都已經齊聚消防署了，我也立刻趕到現場，報導最新的傷亡和房倒災損統計，以及中央政府的最新救災政策。

我不斷報導著級數升高的傷亡倒塌數據，大台北地區的數字不斷更新，隨後，台中市的資訊也來了，然後雲林縣的倒塌大樓也報上來了，隨著數字一筆一筆的增加，內心愈來愈痛苦，因為每一個數字的背後都是活生生的人命與寶貴的資產，但起碼有訊息，就代表有所掌握。

這個時候，「恐怖的寂靜」出現了……因為，有一個數據完全不會動，它一直呈現的是「0」。

「0」，沒有死傷，沒有倒塌的房舍，不是很好嗎？NO，重點是，這個「0」來自震央南投縣！

我永遠記得那一刻的全場靜默……

「震央南投呢？狀況如何？」現場任憑地震救災總指揮官連戰喊破喉嚨，它就是「0」。

「完全沒有消息嗎？」連戰再問。

「報告！完全失聯。」消防署官員回答著：「通訊全部中斷！無法連繫震央！」

那一刻，就連軍方也無能為力！福爾摩沙美麗寶島歷經地表的嚴重錯動，震央通訊中斷，南投已成孤島，台北沒有人知道震央的災情究竟如何。

「好吧！聯絡所有直升機，天一亮，中央政府直接搬到震央南投去！就近全力救災，同時，救災視同作戰！」就這樣，中華民國政府當夜就動起來了，我沒等待九二一的天亮，立刻帶著那一部SNG車往南投奔去，接下來的故事就更一言難盡了。

這就是我領略到的地震後「恐怖的寂靜」，日本三一一大地震後，對列車駕駛員下

1 我對著鏡頭講述三陸鐵道重建之路

2 歷經海嘯劫的下本修，眼神總閃著淡淡的憂愁

3 三陸鐵道最知名的兩節式車廂，火車開到一半遇到海嘯，也著實驚人

4 震前三陸鐵道在楓紅層疊中進入隧道，美不勝收

本修先生來說，恐怕更是感同身受。除了稍早前行控中心傳來急促又簡短的通知：「趕快煞車！」之後，無線電那一端再也沒有任何音訊了，甚至，連一點點嘈雜的聲音都沒有，「我甚至希望有那麼一點點聲音都好，但世界瞬間變得寂靜，我作為列車駕駛員，其實內心非常慌，但我完全不能表現出來，因為我還得照顧車上的十五名乘客」。

「我的上一個指令是『趕快煞車』，然後，就沒有下一個指令了，等於，我也沒有收到任何的許可，所以我不能再發車。」盡忠職守的下本修，就這樣在某個荒山野外，等待著這毫無音訊的世界能有一點風吹草動。

什麼反應都沒有，下本修決定走出駕駛室，一一安撫乘客的不安，儘管他內心也是焦慮萬分，更擔憂妻小的安危，尤其，完全無法告知乘客任何訊息，但既是執勤狀態，就在車廂內義無反顧當起天使了。

這時候，有一位高中生突然手機出現訊號，大家彼此分享訊息，他們這才知道大地震的嚴重性，「接著我們又陷入失聯狀態，得不到任何資訊，其實很恐怖，也感到很不安」。

「我其實是自衛隊員，如果有問題可以幫忙。」一名女乘客偷偷跑來告訴他。「太好了！」下本修心情逐漸穩定下來，耐著性子和乘客們一起等候著。

下一個指令傳來，已經是四小時後，三陸鐵道本部先確定下本修這部列車的安危，然後要他帶著乘客就近找避難中心，此時下本修才知道，在剛剛那幾小時的空白時間裡，日本東北發生了超越想像的嚴重天災。

在還沒有聽到下本修講他親身遭遇時，我原本想像的故事版本是，「火車開到一半遇到迎面襲來的大海嘯，駕駛員帶領乘客劫後餘生」，或是「火車一路被海嘯追逐，但列車駕駛員靠著超高技術閃過鬼門關」，結果，我真的想太多了，眼前這位奉公守法的駕駛員，經歷的反而是，不知世間發生什麼事的一種無知的焦慮感，你覺得，到底哪一種情境比較恐怖呢？

對歷劫歸來的下本修來說，沒有訊息，就彷彿是世界末日一般，他好自責於自己無法告知乘客任何訊息，也因此，震災之後，他每次上班必定自行攜帶收音機，好在政府系統毀壞的當下，他還能告知乘客「發生什麼事了」，他說：「沒有訊息，只會讓大家更恐慌！」

不過，等到得知完全的訊息之後，下本修也著實心頭為之一震，因為後來行控中心告訴他，還好他剛好駕駛列車通過一個海嘯撞擊點來到高處，否則只要遲個十五分鐘，他駕駛的這個列車就會完全被海嘯給吞噬……

至於親愛的家人呢？沒有訊息，這對每個家庭來說，都很煎熬。下本修算是幸運的，他雖然有長達兩天的時間，完全沒有家人的消息，但熬過兩天的空白與焦慮之後，身處異地卻彼此安全的夫婦倆終於得以用電話連繫上，儘管電話那頭傳來家被海嘯沖走的訊息，但起碼妻小都安全，這是海嘯劫難下的最大安慰了。

不過，下本修還是有一些親友死了，海嘯夢魘始終揮之不去。

此刻，我內心有一點明白，也許，一直無法在臉上露出笑容的下本修，他那雙流露著憂鬱神色的雙瞳，是不是已經流過不少眼淚？只是日本人嚴格的禮教與自我克制，讓他表現得如此拘謹。

可是，人總是要放鬆的。訪問結束，我要求跟下本修合影，他那條斜紋領帶怎麼看就是有點歪，我幫他稍事調整，沒想到，攝影在準備拍照時，他把自己頭上的駕駛帽摘下來戴在我頭上，這個動作讓我驚奇了，我仰頭看他，只見他終於展露一點笑顏了……哇！瞬間，我彷彿是古代那個只求紅顏一笑的君主，突然因為一個笑容而雀躍了起來，真的，多麼希望慘遭海嘯蹂躪糟蹋的人民，能夠趕快走出悲傷的情緒。

告別羞澀的下本修先生，我決定去走一趟他當時駕駛列車的路線——三陸鐵道。這個沿太平洋修築的高架鐵道，時而穿梭在山巒樹影間，時而又飛越在悠揚的海岸線，一邊是碧綠山脈，一邊是蔚藍大海，入秋後經常楓紅交錯的景致，此刻嚴冬，白雪靄靄點綴枝頭，紅白色列車呼嘯而過，更有如人間仙境之美，非常具有特色；但也因為它逐太平洋而建，海嘯一來，毀壞程度可見一斑。

地震時已經擁有二十七年歷史的三陸鐵道，分成南北兩線，北線從宮古往北出發，最遠到久慈，共七十一公里長，南線則是從釜石往南到「盛」這個地方，有三十六・六公里，南線幾乎已經全數毀壞。總計三百多處橋梁與鐵軌毀損，損失達一百零八億日圓，一度全線停駛，日本政府拿出九十億日圓協助重建，期待二〇一四年四月能將全線修復重新啟動，因為這一年，是三陸鐵道興建的三十週年。

寒風暴雪中，我們驅車抵達南線毀壞的其中一個車站。說是車站，其實根本看不出來，現場只有冷風吹出呼呼的聲音，明明是大白天，天空卻非常陰暗，惡劣的環境下，我看到有部分工程人員頂著零下七度的氣溫，還在綁著鋼筋繩索。要不是因為看到他們，我還真無法分辨這個什麼都沒有的荒郊野外，正是我們的目的地。

大雪繽紛地下著，我戴上厚重的頭套與手套，在現場比手畫腳，試著向觀眾重建過去繁榮的景象：「觀眾朋友，我現在身處兩個山巒之間，這一大塊平地原本有個村莊，還有一個具有藍色圓頂的特色車站，兩邊的山頭的隧道口看得清晰，這中間原本是有一條高架鐵道把它們貫穿起來的，但現在因為海嘯，什麼都沒了，村莊也不見了，日本政府正在積極重建，不管多艱辛，他們都要一吋一吋把三陸鐵道給蓋回來！」

淒風暴雪中，我所能看見唯一殘存的車站遺跡，是一面頹圮傾倒的牆，上頭雕刻著一個穿大衣的翩翩男子，低著頭在踱步，旁邊就是日本詩人宮澤賢治題的詩，孤伶伶地豎立在風雪之中，強烈的蕭瑟感逼得我更加寒意上心頭。沒錯，什麼都倒了，只有文化不倒，宮澤賢治這位昭和時代早期的詩人，原本就是岩手縣人，大海嘯掃過，只有他題詩的碑文，屹立不墜！

海嘯沖垮了車站，唯獨宮澤賢治的詩牆還立著

還記得地震後，日本國際紅星渡邊謙親自朗誦了一段詩文來撫慰災民嗎？他朗誦的就是宮澤賢治的詩作〈雨ニモマケズ（不怕風雨）〉，希望能帶給災民愛與力量：

不要輸給雨，不要輸給風，也不要輸給冬天的冰雪和夏天的炙熱。

保持健康的身體，沒有貪念，絕對不要生氣，總是沉靜的微笑，一日吃四合的糙米、一點味噌和青菜，不管遇到什麼事，先別加入己見，好好地看、聽、了解，而後謹記在心不要忘記。

在原野松林的樹蔭中，有我棲身的小小茅草屋，東邊若有生病的孩童，去照顧他的病；西方若有疲倦的母親，去幫她扛起起稻桿；南邊如果有快去世的人，去告訴他：不要害怕；北方如果有吵架的人們，去跟他們說：別做這麼無聊的事情了！

旱災的時候擔心得流下眼淚，夏季卻寒流來襲，不安地來回踱步，大家說我像個傻子，不需要別人稱讚，也無須他人為我擔憂，我，就想當這樣的人啊。

沒錯，文化是無可取代的觀光特色，接下來，我們決定搭乘一段列車特色之旅。

這是北線剛搶修完成的久慈駅至田野畑的觀光列車，車廂外頭彩繪著許多可愛的卡通人物，車頭還掛著一個生剝鬼的圖騰，因為這個好鬼可是會在車廂內突然出現喔。把火車納入地方民俗采風，無非希望旅客回籠，為災區添點生氣。

雪，愈下愈大，我好興奮是在這樣的景致中要搭乘火車，只見月台已經被細雪鋪成白絨絨的一片，每踏過一個步伐，就有深深的腳印留下來。

進了車廂玄關，映入眼簾的是一個燃煤暖爐，立刻稍微去除我們身上的寒意，然後進入車廂，「哇！是被爐暖桌列車耶！」過去，我只有在日劇和「櫻桃小丸子」卡通裡不斷看見「被爐」這種好東西，蓬鬆的棉被上頭押著木板當桌面，裡頭則是發熱暖爐，無論外頭是多冷的天，只要能窩在暖呼呼的「被爐」裡，就能度過難熬的寒冬，而這個車廂的座位可全都是一個一個的「被爐暖桌」，每四個人圍起一個「被爐暖桌」，上頭還擺著熱茶和橘子，暖意全上心頭了。尤其，車廂外全是白茫茫的銀白世界，真有如童話的感覺，我端詳著每一群圍著被爐暖桌的人們，大家都是歡笑的，有人打著撲克牌，有人攜家帶眷團聚一起，還有情侶檔相互依偎，或有成群的歐吉桑歐巴桑來個朋友歡聚，大家果真暫時忘卻海嘯災難的悲情，真高興看到這樣的景象。

突然間，穿入隧道的火車燈光一明一滅閃爍個不停，然後咻地暗了下來，兩隻專門抓壞孩子的「生剝鬼」出現啦！

「生剝」指的是「模樣怪異的神靈」，不僅滿頭亂髮、猙獰大眼、尖牙巨嘴、身披稻草、腳穿草鞋，手裡還拿著刀，甚至用力地踏著地板，在屋內亂竄，尋找不聽話的小孩，要把他們帶到深山野嶺……這個充滿教訓意味的民俗傳統，讓許多孩子嚇到保證明年一定乖乖聽話。果真，許多孩子嚇到摀住雙眼，完全不敢看。

「囝仔，你有做什麼歹代誌嗎？」扮演生剝鬼的阿伯刻意壓低嗓音逼問，讓小孩懼怕不已。

「我以後一定會乖乖的！」一位小男孩認真地回答著，模樣實在可愛；而旁邊另一個小朋友已經嚇到哇哇大哭了。

這是日本東北最道地的文化特色，果真為整車廂的人們帶來歡樂！

我開始進行訪問，久津輪這一家子，年輕的婆婆帶著媳婦和孫女來參加這趟鐵道之旅，她說她們是特意用行動來支持三陸鐵道的復興，「遇到天災實在沒辦法，但大家一定要從心出發，一起支持吧！」婆婆懇切地訴說著，更強調回去之後還要號召更多鄉親來搭乘重建中的三陸鐵道，這樣才可能帶動災區的經濟。

另一個被爐暖桌，爺爺奶奶媳婦孫子全到了，他們也是來支持鐵道重建的，大家用行動來展現同胞愛，著實令人感動。

回程的時候，我特意再換搭另一種典雅風格的酒紅色車廂，處處佈置著藝術燈罩，還有絨布的優雅座椅，這種車廂氣氛完全不一樣，沒有小孩的嘻鬧聲，多了大人悠閒的舒適感，許多熟男熟女成雙入對的低聲聊天，這又是另一個鐵道文化。

1 進了山洞，生剝鬼出現，專抓不聽話的小孩

2 三陸鐵道的暖桌列車超溫馨

3 小朋友畫出印象中三陸鐵道的模樣，群山中的太平洋高架鐵道，看日出是一大特色

4 日式傳統風格的宮古車站

不過，重建之後的鐵道必須要降低高架的設計了，很多地方改成堤防式的灌漿基座，畢竟三陸一帶無法擺脫海嘯的宿命，儘管希望災難不要再來，但總也得提防下一次的損傷。

回到宮古市，不但天色已經黑了，車站更積了沉甸甸的白雪，我細細端詳著車站內每一張加油打氣的留言貼紙，很多小朋友在卡片上畫出三陸鐵道的特色——太平洋＋日出＋高架鐵道＋兩節式彩色列車，旁邊寫著各式各樣期待復興的字眼，有更多我看得懂的字眼寫著「全線開通！」這是大家的願望。二〇一三年日本ＮＨＫ晨間連續劇《小海女》爆紅，這齣戲劇原本就是為了振興東北而寫，尤其，海女在暖桌列車上販賣「海膽丼飯」，更是意外幫助小鎮與鐵道重生。

劇中的站長說：「行駛吧，即使只能運行一個區間，只能在兩站之間來回也好，就算沒人坐也沒關係，讓北鐵再次運行是我們的使命。」沒錯，岩手縣的海岸，是日本本州最東方的海岸線，三陸鐵道串連起來的都不是最大的城市，卻是日本東北最具特色的小鎮，即使只有兩個站互通、即使沒人坐，大家都使命一致的，要讓它全線通車，我看著車站內的電視復興廣告，三陸一帶的小朋友拉著一條長長的線，到處邀請人們進來牽線，大家齊力要讓三陸破碎的鐵道線重建起來，那種同心，令我百看不厭。

大雪紛飛中，我告別遭黑潮海嘯襲捲的宮古市，回頭再望望這個日式傳統車站，加油！三陸鐵道！

水淹小學的巨痛

有些時候，靈感來得沒有理由，但就是有那麼一點輕聲的呼喚，把我喚到這群孩子的身邊；無邪的他們，都在海嘯中犧牲了……

二〇一三年一月二十日清晨，我正驅車前往宮城縣石巻市的雄勝町，經過一條大河時，我突然問 Makoto：「這裡是不是有過什麼災難？」

只見開車中的 Makoto 愣了一下，說：「是！是很嚴重的災難，很多孩子死了……」

「什麼意思？」我著急的發問。

「就是大川小學，這是日本人內心深處的傷痛，一個小學，七成的孩子都死於海嘯！」

「學校在哪？」

「過橋左邊就是了！」Makoto 熟悉的指著左前方。

「時間還可以，我們過去吧！」我毫不猶豫地下這個決定，因為我不安的預感完全得到了驗證。

小學，應該旁邊都是住宅區吧？只見現場什麼建築物都沒有，只剩荒煙蔓草，這，又是一個全毀的悲劇。而悲劇中的大悲劇就是大川小學，一百零八名學生有七十四人被海嘯沖走，教職員也有十人死亡，罹難程度之高是日本之最，更何況都是六到十二歲的孩子。

我看著學校的環境，直覺發現，旁邊不就是山嗎？眼見大水要來，應該立刻往山坡上跑啊，看起來真的沒幾步路，我實在不懂，這裡的環境應該不至於死傷這麼慘重。

Makoto 告訴我：「這裡距離河口有四公里遠，三百年來，從來沒被海嘯襲擊過，在大家都缺乏經驗的情況下，老師雖然在海嘯警報發佈後趕緊把學生聚集在操場上，卻不知道可以帶著學生往後方山坡避難，這個錯誤的決定，讓大水一來時，眾人無處可逃，悲劇就發生了。」天哪！我開始想像，那種集體的恐慌……

車子停在小學遺跡旁邊，我透過車窗往外看，不斷沉思這裡的悲劇，此刻發現一對夫妻正相互依偎著，從哀傷的背影看起來，做太太的完全承受不住，傾倒在老公的懷中……我不忍在這個時候下車，怕打擾到他們，於是在車內靜靜等待他們平復憂傷的情緒，大災難兩年了，今天也不是週年的日子，還能看見為人父母者來到這裡憑弔，莫非，他們天天來嗎？這樣的傷痛，到底要多久才能稍微止住呢？

我看著夫妻上車後，才輕輕推開車門，走向小學門口，一陣寒風襲來，非常冰凍，我趕緊回到車上穿上羽絨服，再次靠近。

只見門口立著石製供桌，上頭擺滿了鮮花以及各式各樣的玩具和零食，花束都是新鮮的，代表著每天都有人來到這裡祭拜，我想，大人們一定很擔心孩子在這裡孤獨了、受凍挨餓了，所以天天來到這裡，傳達殷殷的思念。

供桌左邊的石柱寫著「大川小學校被災學童鎮魂供養塔婆」，右邊的厚實石碑上則立著一尊悲傷的石娃娃，他戴著灰色毛帽，領口掛著白色圍巾，肚子也圍著綠花色的圍巾，斜低著頭在寒風中哭泣。

看到這裡，真令人神傷。我望向石娃娃背後的校舍，早已剩下軀殼，如果對照災難發生時整個學校完全被淹沒的照片，此刻是還能看到一點教室的模樣，但當時之混亂，據說海嘯來了十五公尺高，整座城市被鋪天蓋地摧毀到全成垃圾廢墟時，要在這裡頭找到小朋友，真是令人難以承受，就連搜救隊也束手無策。

當時，大水退後，學校背後的山坡上留下了數十具幼小的屍體，還有數名師生仍處在失蹤的狀態。大川小學的家長鍥而不捨，在這些父母親不斷地施壓之下，宮城縣當局在一年後趁著北上川的支流富士川河處於旱季水流最少時期，對直通大海、長約一．三公里的富士川河下游，進行截流大規模搜索行動，也就是抽乾河水尋屍，搜索依然失蹤的四名學生和一名教師的遺體。

我在寒風中，繼續望著那尊石頭娃娃哀悼，這時候，一位老先生緩緩靠近我，開始跟我講一堆日文，由於那時是我獨自佇立，我只能用彆腳的日文自我介紹說：「我是

1 因死傷慘重，大川小學前立起這個石頭娃娃紀念，寫著「守護孩子」

2 學校門口的祭台上，鮮花玩具零食從不間斷台灣來的電視台主播，我姓陳，很抱歉，我聽不懂日文喔！」沒想到，老先生似乎不在乎，繼續一直跟我講話。

我一向是個很好的聆聽者，但，此刻我完全無法知道他在說些什麼？我想，他有很多話要告訴我吧。只好，「歐吉桑，揪兜媽疊」，我用這樣的日文，要他先等一等。然後跑去找翻譯 Makoto 過來。

Makoto 也是個非常有禮貌的年輕人，立刻飛奔過來，側耳傾聽老先生的心聲。

原來，他的孫子也是死於這場海嘯，他說他沒事就會來這裡，否則思念太深，他不知道該怎麼辦。然後，話鋒一轉，他很怨嘆學校的老師：「老師太不懂變通了，如果不要堅持在操場集合，不要那麼守規矩，就不會來不及了，真的死了好多孩子……」

「我的孫子對那座山是非常熟悉的，一下子就跑得上去，但他就是服從師長的命令，才會……」老先生帶點哽咽地說著，我聽了也非常不忍，真的有很多的遺憾，但逝者已矣，誰也無法回到過去。如果，我們這樣的聆聽能讓爺爺稍微稀釋自己對孫子的思念，我都非常願意這樣做。

唉！看著這個學校的悲劇，除了怨嘆海嘯天災太誇張之外，只能說，有些時候，日本人是否太守秩序到不知變通了呢？也許，這個學校因為三百年來沒有遇過海嘯，缺乏相關的經驗，否則他們的校舍是非常穩固的，地震都震不倒，但海嘯卻奪走了一切。

聽阿公那樣陳述，我在想，地震在兩點四十六分發生，海嘯是在三點半抵達學校，那麼這期間學校到底在幹嘛？我查了一下該起事件後來的調查報告，裡頭指出：事發當時校長不在，但副校長和十名教師都在，老師們都得到了海嘯警報，但沒有予以重視，結果師生到了三點半「還是留在操場上」，一位小六的學生說，她的父母在地震發生後，立刻開車到學校把她載走，並且警告老師會有海嘯，「可是老師似乎不知道該怎麼辦」。

還有一名生還的老師說，地震發生後，他負責查看校園外的地震毀損的程度，返回校內，他看到師生都聚集在操場，老師們在爭論是否應該逃到山上，但也些人認為地震後樹木倒下，對學生會有危險。三點半，教職員才指示學生離開校園，但不是上山，而是走向一條通往北上川跨河大橋的河堤，結果，三點三十六分，巨浪來了，吞噬掉大家，只有少數爬上山坡的人僥倖逃過一劫，包括一名十歲的學童。後來，石卷市的教育委員會針對這個慘劇道歉，坦承「學校沒有針對海嘯的危機處理方案」！

「沒有經驗」該不該成為悲劇的藉口呢？在此地球暖化的極端氣候下，很多人已經在模擬海平面上升的因應之道，更何況是歷史上已經飽嚐地震海嘯襲擊的日本呢？其實，真不忍苛責，畢竟這塊土地三百年來都沒有類似的經驗，而日本的災難防治系統也已經非常先進了。

石卷市，這個宮城縣的第二大城，總計約有五千人死亡失蹤，是三一一災難中最嚴重的，只希望大家記取慘痛的教訓，也切莫忽視大自然的威力！

雄勝
OH! GUTS!

二部曲
最美的重生

不管是從災後振作重生的在地人，或是返鄉振興經濟的遊子們，
他們都讓曾經被災難肆虐的土地，還能在頹圮間找到一點光亮，
是那種向上奮起的力量、是那種不願被現實擊敗的感覺，
相信它一直在這裡存活並呼吸著……

車牌硬要三一一的喪妻鐵漢

大槌町，也是我造訪過兩次的城市，同樣是海嘯掃過，一無所有的傷心地；但更添悲劇英雄色彩的是，這裡的町長加藤宏暉等三十三位官員在救災的崗位上，全部罹難。當時他們正在市政廳舉行災難對策會議，眼見海嘯沖過來，盡職的町長指揮幕僚趕快逃到頂樓，但洪水來得太快、加上海嘯高到淹沒整個市政廳，絕大多數的官職員就這樣被無情沖走了……

第一次到訪的時候，我從釜石市那邊繞著山路過來，心中非常納悶，因為明明是山區，完全看不見大海的，但沿途的白雪靄靄底下卻盡是海嘯的廢墟遺跡，現場隱約可見水泥地基稀落地悲泣著，或有幾根孤伶斷掉的鋼筋突兀地衝破白雪，怎麼回事？原來，這山上仙境原本有著一個又一個熱鬧溫情的街廓，卻被海嘯衝上來摧毀殆盡。

但，不是在山上嗎？海嘯怎麼也能造訪呢？一陣莫名的恐懼感頓時襲上心頭，海嘯，難道宛如無盡貪婪的毒蛇一般，不斷地沿著土地攀爬上山，能走多遠、就走多遠，黑色惡魔所到之處，盡是烽火。

在惶惶不安的情緒裡，我來到山上的制高點，終於，看見大海了，我望向那個海嘯衝進來的港灣，內心無限唏嘘，感嘆著人類的生命是如此的脆弱。

尤其，這個制高點上坐落的是墳墓區，我站在裡頭，挨著觀世音菩薩的雕像想著，祖先們安安靜靜地躺在這裡，沒事，卻看著子子孫孫被海嘯狂浪給吞噬，儘管自己的長眠之地是安全的，但眼前祂們冥冥守候的這塊土地卻一再上演著海嘯悲劇；也許，他們過去也曾歷經過這樣的恐怖與驚嚇，但這一次，真的太誇張了……

在不忍卒睹的當下，曾經留日拿到結構工程博士的立委李鴻鈞輕輕走了過來，我轉頭問他，海嘯為何爬上山了？他告訴我，大槌町這個港灣就是個典型的漏斗地形，海嘯從那個口擠進來之後，壓力已經非常大，再受到兩邊山勢的擠壓，更匯聚成驚人的能量，然後沿著河流就這樣一路上山了。

由於，這個城市兩邊都是山，儘管兩山之間的距離有三公里這麼遠，但對強大的海嘯來說，兩山彷彿就圍出了一個天然的渠道一般，讓它順利的前進，於是，當海嘯如萬馬奔騰從港灣擠進來之後，就沿著山勢與河流一路上山了。這實在很難想像，不是水往低處流嗎？擁有巨大能量的海嘯卻打破這個慣例，直接逆行而上，所到之處，萬般悽慘！

我腦海中不斷反覆地想像著當時的場景，只能感嘆人類之於大自然的渺小。走進平地，我來到原本熱鬧的街廓，你當然看不到城市的蹤跡，只見已成破銅爛鐵的汽車被堆成一堆一堆的，這些鋼鐵結構的東西都被破壞到這般慘境了，人類的血肉之軀呢？

來到那個官員罹難無數的公所，主結構還在，但非常的破爛，高牆上的時鐘依然停留在海嘯來襲的時刻，彷彿要讓世人永遠留住那個悲慘記憶；我在斑駁的牆面上想要找到「大槌町役場」的字樣，沒想到它竟已一片模糊，水泥雕刻出來的字樣已如百年前古代歷史殘跡一般，怎會這樣？再看到旁邊的牆面都已經被海嘯衝出大洞，我心裡明白了，反正，海嘯的威力就是超出想像的可怕！

沿途中，除了看到少數還在清理現場的工作人員之外，眼前幾乎是人煙罕至的局面，這是一個完全的空城、死城。好不容易，我看到遙遠的路邊有一個年近四十歲的男子正在一艘船裡頭敲敲打打的，在冷冽的寒冬裡，只見穿著厚重衣服的他正在埋頭苦幹，我湊過去，小心翼翼地打招呼。

從制高點的墳墓區，望向悲情的大槌町市區

一陣客氣禮貌的寒暄之後，這位中里充良先生告訴我，他原本是開船引擎工廠的，災難來時他是以跑百米的速度往山上跑才保住性命的，但海嘯過後，人生歸零，什麼都沒有了，家沒了、工廠也沒了，他不知道日子要怎麼過下去，惶惶終日一年後，他也只能在路邊搭起簡易的臨時小屋，用海嘯帶不走的一技之長，看有沒有人要修理輪船等機械類的東西。

其實，我等了半天，不見有半個人影過來，在災區要生存下去，確實不容易，他說：「整個東北都很慘，所以無法獲得全面的支援，就算災民很努力，但物資就是不夠。」我問他：「這樣，生活會很困難吧？」只見他一陣鼻酸，大男人用手摀住自己的臉龐，勉強止住淚水，再擠出一點笑容說：「說不困難，是騙人的。」

我放下麥克風，不忍再問下去，輕聲的跟他說聲加油後，簡單的告別；隨後，我在愈拉愈遠的視線中，只見那塊簡易招牌「中里輪店」，在細雪紛飛中若隱若現，依然，沒有客人上門，我內心嘀咕著，人類在災難中燃起的意志力，到底能被消磨多久？

繞來繞去，災區都沒人，做記者這一行，人，是最重要的報導根據，也是感人故事的主要來源，我決定到組合屋看一看。

與組合屋區人員禮貌溝通後，我來到一位四十八歲婦人佐佐木終子的「家」，她一再跟我說不好意思，家裡很亂，還強調，自己的家原本有上百坪的，現在什麼都沒了，一家四口只能委身在五坪大的狹小組合屋內，慶幸的是，親愛的家人都倖存下來，才能有現在的相依偎，儘管只有五坪大，但卻是最緊密真實的存在！

走進組合屋內，通常最先看到的就是廚房，畢竟民以食為天，但眼前景象一定稍嫌凌亂，這實在沒辦法，空間太小，卻得塞下所有民生必需品；瓦斯爐一開，還會燒到牆壁，佐佐木太太只好買來一個圍阻的防火板，沿著火爐包起來，否則，整間房子恐怕都會燒了。

我自己從小喪父，母親靠著踩裁縫車的一點本事，帶著四個孩子到處租房子，童年時期甚至沒睡過床，都是打地鋪，所以，我已經過慣苦日子，一點都不會受不了現場這麼困頓的環境；倒是，我很心疼災民如何抵抗當地的天寒地凍，現場只見暖爐不斷開著，但還是很冷，我問佐佐木太太，她也告訴我很冷；唉！我想，組合屋這麼薄的隔板，真的只夠遮風擋雨而已，恐怕要過去的「家」，才有真正有形與無形的溫暖。

這個五坪大的組合屋，還隔出了客廳、兩個小房間，其中一間算是主臥吧！沒有床，她和老公是把棉被鋪在地上睡覺的，但我到訪的時候，棉被都已經收起來疊在旁邊，因為這個臥躺的小小空間得拿來曬乾衣物，所以只見曬衣架放在主臥裡，幾乎已佔滿空間，每一個空間都要有多重功能的使用，真的非常克難。

另外，佐佐木太太有一個二十一歲的女兒和一個十四歲的兒子，但整個家只剩一個小房間了，她只好弄個上下鋪，讓不同性別的孩子起碼在形式上分開睡，在災區，要講究個人的私密空間，那還真是個奢侈的渴求。而這個房間，也只足夠塞進那個上下鋪，連個書桌也沒有。

這麼困頓的環境，還能留有多少過去美好的記憶呢？我問佐佐木太太，浩劫後，可有找到老家任何一樣東西？只見她揚起笑容，雀躍地帶我走到門口，彎下身，從地板下的某個空間拉出一小片的磚瓦，「看！就這個，我家的瓷磚瓦片」，佐佐木太太不斷地撫摸著它，頓時之間，眼前這片磚瓦像是珍貴寶玉一樣，而且，無價！

「這是我反反覆覆回到災區尋尋覓覓，好不容易才找到的一片磚瓦，其他，什麼都找不到了。我對家的所有記憶，現在全部寄託在這片磚瓦了……」佐佐木太太講得令人心酸，但看她這麼寶貝這塊薄薄的磚片，可以想像，人對「家」的深沉依戀。

不過，真正折磨人的，倒不是組合屋那些看得見的窘迫，佐佐木太太說，她在大槌町市區的房子沒了，但卻還得繼續繳房貸，她說，再這樣下去，下一棟房子怎麼買呢？沒錯，每個人永遠期待有個真正屬於自己的家，而不是像現在這樣流離失所與屈身暫厝，但，那會在哪裡呢？那一塊被海嘯蹂躪過的土地，大家已經不敢再回去住了，活下來的災民不斷討論著要蓋十四．五公尺的超高堤防，這等於是五層樓的高度了，臨海的城市難道要這樣永遠與海隔絕嗎？尤其，它還是個以漁獲和水產加工聞名的漁港城市，當超高堤防沿著海岸築起來之後，那，還會是個漁港城嗎？一場災難，讓大家對未來非常手足無措，顯然，嚇壞了……

1 這裡看不見海，都是高山，但海嘯還是捲上來了；整片白雪下的地基遺跡看得出一座城市的痕跡

2 佐佐木太太手中拿的一小塊磚，是她在全毀城市中找到的唯一「家的記憶」

3 車子成廢鐵，遠方的市政廳，有33個官員罹難

我去拜訪大槌町的町長碇川豊，實在佩服他在前町長殉職之後，願意接下這麼一個廢墟城市，因為絕大多數的官員都罹難了，人力資源非常稀缺，活著的人已經不眠不休在做搶救災區的工作了，而海嘯城市更頓時喪失所有資源，卻有一堆迫在眉睫的巨大問題要解決，人民安置、失業問題、地層下陷、醫療教育、災區重建，豈是一句千頭萬緒或千斤萬擔可以形容的，但他還是笑笑地接受訪問。他說，如果要築起十四．五米的堤防，那豈不像是住在監獄裡頭嗎？他個人實在反對，只希望能夠重現美麗的大槌町，在重建之餘也顧及到城市美觀，讓旅人可以行走在美麗的海邊，他說這是他最遠大的目標。

好，對於未來，大家多少都還存有一點幻想，但眼前最棘手的問題是，滿城的樓房建築全都成了廢墟垃圾，他可以耐心的一一清理，但清理過後成堆的垃圾，要丟到哪裡去呢？

全日本沒有哪個城市願意承接。你知道嗎？大災難一週年的時候，海嘯災區也只有清除掉僅僅八％的廢墟而已，實在沒想到，災區要清出土地重建，竟是如此困難。但，樂觀的町長碇川豊又捎來一點點好消息說，他終於找到靜岡縣的島田市、岩手縣的志波城，願意接受廢瓦礫。唉！原本應該守望相助的美德，當遇到這麼大的災難時，卻是誰也不願意伸出援手；但我認為，也許，不是不願意，而是無能為力，當廢墟城瓦礫多到超出負荷時，叫他人能怎麼辦呢？這是我在災區看見的重重無力感！

還有，災區的教育問題怎麼辦呢？學校無一倖存，政府只好在高地畫出一塊土地，用組合屋的方式搭建臨時校舍，然後把整座城市的中小學統統集合在一起上課，空間非常有限，只見鐵絲網圍籬上簡易掛著一個白色牌子，上頭一口氣寫著五個學校的校名，這又是一個不得不的克難應變。從鐵絲網望進去，空間非常有限，小朋友偶爾出來舒展筋骨，朗朗的讀書聲，迴盪在門窗緊閉的組合屋教室內外，小朋友的適應力往往是超越大人的。

穿過鐵絲網圍籬，我們一夥人進到臨時搭建的體育館，日本的學校通常都需要脫鞋的，以維持校舍的乾淨與安全，我當然入境隨俗，彎下身，要脫掉笨重的靴子，這才發現，我那雙在瑞典買的禦寒靴子已經開口笑了，哇，這下可麻煩了，我在災區還有一趟長遠的路要走，現場百廢待舉，要找到靴子店是很難的。於是，我讓攝影記者先到組合屋體育館拍攝孩子的活動，然後我自己走到保健室，想說跟老師職員要點強力膠，但我客氣地比手畫腳了好一陣子，卻只見對方一臉茫然，於是，我又用白紙黑字寫下「強力膠」「三秒膠」等漢字，希望對方看得懂，但，現場依然是雞同鴨講，只好放棄。後來，翻譯人員來幫忙，對方終於豁然開朗，強力膠一拿出來，靴子的開口笑黏起來了，繼續災區的採訪！

離開學校，我想知道，商店會在哪裡呢？一年了，儘管大槌町一片死寂，但總要有一點買賣交易行為吧？有的，公所人員帶我們到一個很簡陋的ㄇ字型組合屋區，他說，

1 沒有運動場，雪地中的體育課好克難

2 日子總要過下去，搶租組合屋的商店，開始賣鮮魚

3 賣了30年的三好菓子店，歐吉桑終於可以有個組合屋攤位繼續賣鯛魚燒

這就是災後的「商店街」了！不仔細看，還真無法察覺有商店，現場依舊是處處雪堆、還伴隨著蕭瑟的荒蕪感，「商店街」在重災區，顯然有著非常時期的定義與理解。

我試著挨近看看，首先，來到一間鮮魚店，裡頭年輕的老闆正在服務一位來買魚的老太太，看到台灣記者來關心，他們立刻溫暖地給予燦爛的笑容，彷彿災難悲情已經拋卻腦後；隔壁那一家，七十四歲的加賀老先生笑得更天真了，戴著棗紅色毛帽的他告訴我，他很高興自己有抽到籤，才能在這個「商店街」有個小區塊，讓他那個在大槌町已經賣了三十年的三好菓子店能繼續開張，雖然規模小很多，活像個只是有屋頂的攤位罷了，但這已經是不幸中的大幸，因為有了這樣的根據地，起碼讓他可以再開啟火爐，賣起他最拿手的鯛魚燒和紅豆餅，而且，有工作，就有療癒傷痛的機會，讓人不至於無所事事而反覆地陷入悲傷的情緒。

為了刺激災區的經濟活絡，我決定點一盤鯛魚燒來吃，也讓寒天中一直顫抖的身子能得到一點點熱量。站在暖暖的攤位前等候，我注視著工作中帶著微笑的加賀老先生，他眉宇間不斷散發著慈悲知足的氣質，彷彿不曾遭逢天災苦難一樣，或者，年邁的他早已豁達地收拾起眼淚呢？他把老字號鯛魚燒的圍裙綁掛在身上，顯得很有在地感而且專業，頭上那頂棗紅色的帽子，在爐火揚起的陣陣白煙中，一直吸引我的注意，因為帽沿垂下一個有鬚鬚的吊飾，我在猜，加賀老先生應該是把太太的帽子拿來戴在頭上吧？非常可愛。五分鐘後，我得到一份熱騰騰的鯛魚燒，災區的冷冽，頓時逃逸無蹤！

重災區裡，有多少人能夠樂觀看待這一切的無常呢？第二年，我再回到大槌町，依然踩著那雙走過無數寒帶國家、保暖卻便宜的靴子，但，足跡要踩過相同的傷心地，我希望，能找到的是令人振奮的故事，畢竟，傷心……已經足足兩年了！

經過出發前的深度調查，我決定找一位在大槌町的無盡荒蕪中，依然堅持發揚虎舞文化的歐吉桑。

二〇一三年一月十五日，冬天的夜幕低垂得很快，傍晚五點就天黑，我們一行人驅車來到大槌町。已經做完一整天的採訪，身子其實有些疲累，在車內，我把脖子仰靠在椅座上，側著臉看著窗外，車窗倒映出我略顯疲備的容顏，但透過玻璃，我想看看大槌町這個城市入夜的景象；畢竟，一週年的時候來，是白天，我還記得當時的感覺，站在山上墳墓區萬般感嘆海嘯毀城的衝擊，現在，走在狹長的平地區，依然「什麼都沒有」，唯一的差別是，電線桿都立起來了，一根一根的，照亮車子的行走。我望著遠方的山，黑夜中要辨識那些山，真的很模糊，它跟夜色幾乎是融為一體的，倒是山上掛著一輪弦月，好細、好亮。

就這樣，當時我觸目所及的光亮，有路燈、有明月，還有就是我們車上的GPS地圖導航系統。

「Makoto，我們跟阿部先生約在哪裡見面？」我把頭轉正，望著那個大大的導航系統。

「雅琳姐，我們約在火車站。」Makoto不假思索地說。

「啥？火車站？這個城市什麼都沒了，火車站早已不存在了啊！」我納悶地問。

「不知道，阿部先生就說要約在火車站見面！」

我環顧四周，真的是完全的平地，什麼建築物都沒有，去哪找火車站？我再問：「那怎麼辦？去哪找火車站？」

「沒關係，我們這套導航系統上頭還有標示市區重要的地標，就按照它指示的找吧！」Makoto總有解決方式，完全沒在怕！

於是，滿諷刺的，GPS導航系統真的還看得出過去的風貌，有公所、圖書館、商圈，還有火車站的標示，但眼前的真實，卻是一片空。只見Makoto按照指示的，右轉進一條「道路」，但其實，就是一片空地，是不成路的，然後他說：「雅琳姐，我們到火車站了！」

「啥？這是火車站？」眼前什麼都沒有，空空如也，一片死寂。

好吧！我開始想像著，這裡過去是大槌町最繁華之地，多少人在這裡搭乘火車，過著忙碌但充實的生活，有上班族、有學生、有從事買賣的魚商，還有來往的旅人過客等等，大家曾經在這裡交織無數美好且珍貴的記憶；也許，火車站前有好多商店，大家也曾經在這裡有過生命的流連，有好吃的壽司、有新鮮的海產沙西米，甚至，去年遇到的那個賣鯛魚燒的加賀老先生的菓子店，是否也曾在這裡駐足過呢？

這裡曾是大槌町最熱鬧的火車站，什麼都沒了，我站在月台上播報

就這樣，夢幻中曾經有過的繁華，在我的腦海中建構出一個「想像中美麗的大槌町」，但下一秒鐘，眨個眼睛，那個夢幻像被針搓到的氣球一般，破滅了！回到現實，看見這一片的空寂，彷彿不曾在世間留下什麼，唉！海嘯真的奪走一切了嗎？

「Makoto，阿部先生真的跟我們約在火車站喔？」

「嗯！」

「那他找得到火車站喔？現場什麼都沒有耶！」

「沒問題，OK啦！我們不都找到了嗎？」

「可是，那是導航這麼說，你怎麼確定這是火車站？」

經我這麼一講，曾經在北海道JR國家鐵路公司上班的Makoto，也被我激起考證的心情了。只見他下車，在厚厚的雪堆裡東看西瞧，我懷疑，暗夜中，他到底能在這一片空無中看到什麼呢？過了幾分鐘後，他回頭叫我：「雅琳姐，我帶妳去找火車站！」

我下車，這天的氣溫非常低，我穿著二〇〇七年跟台灣超馬好手林義傑去北極參加馬拉松比賽的極地保暖褲，身形顯得非常臃腫。厚厚的冰雪，被我踏出一個又一個的足印，內心其實有點擔心，因為「火車站現場」早已人煙罕至，幾公尺的積雪下，也不知道會不會踩空，於是，我以手機的微光當作照明，然後，小心翼翼地跟著Makoto剛剛留下的足印，一步一步緩慢地踏過去。

「妳看！這裡是月台。」Makoto如獲至寶般告訴我。

「怎知?」我實在看不出來。

「妳注意看喔,妳現在站的地方是月台,對面那個也是月台,這兩邊就是彼此雙向的月台,然後中間不是凹下去嗎?底下就是鐵軌啦,只是現在都被白雪給覆蓋住。」Makoto用堅定而專業的語氣告訴我。

哇塞!我像考古一般的,開始認真的想像。沒錯,這凹下的部分還真是一路凹下,非常長,我請攝影記者育鑫帶著攝影機的超強照明設備過來,再看清楚,哇!兩邊一路過去,真的是月台加鐵軌耶!雖然現在什麼都看不見,但透過想像,依稀可回復火車站的場景。

我又開始讓腦海刻意浮現這裡曾有過的人潮熙攘,但對照此刻的荒涼,以及我們得如此的「考古」這個才不久前的景象,內心真的唏噓萬分。

我想告訴台灣觀眾這樣的反差,於是我在雪漠中的月台做了個Stand(記者入鏡講話),希望能讓大家「想像」這裡曾有的繁華,也看見「海嘯過後的火車站如何重新定義」,內心有無比的激動……

回到車上,我們繼續等候阿部富二男先生,他在隔壁釜石市的鍛造鑄鐵公司上班,我們必須等候他下班回到大槌町。我開始想像,這位阿部先生到底會是個什麼樣的歐吉桑,會堅持在災區還要發揚傳承當地的虎舞文化,他,一定是個文化藝術人吧?

過了一陣子，遠處出現兩個車燈的亮光，朝我們這邊過來。

「那會是阿部先生嗎？」我好奇地問，「他真的找得到火車站耶！」

眼看真的朝我們過來，我立刻和 Makoto 下車，準備迎接。

「阿部桑，空巴瓦！」我湊過去握手致意，只見他戴著一副斯文的咖啡框眼鏡，頂著自然捲的茂密頭髮，實在看不出已經五十九歲，差不多耳順之年了，而且，濃眉大眼、還配個高挺的鼻子，哇，其實，阿部先生是個老帥哥。再者，我對他能夠這麼熟悉地找到火車站，更是心生敬佩，因為，海嘯可以帶走生命財產，卻帶不走在地人永遠的記憶！

簡單寒暄之後，我們跟著他的車子前進，要去拜訪他的組合屋和老家，因為他已經在老家原址簡單地搭起房舍，作為虎舞團體的根據地。

車子開上了有路燈的主幹道，眼前這一幕，讓我們為之震懾，因為前方阿部先生的車號，竟然是「311」，這三個阿拉伯數字頓時變得斗大再斗大，感覺上，阿部先生是真的拚了，就是要跟海嘯天災這個大惡魔正面對幹，儘管，海嘯奪走了他美麗愛妻的生命……

來到組合屋區，好熟悉的感覺，只是這回是夜晚造訪。我必須在這裡做阿部先生的專訪，但你知道組合屋非常擠，我和攝影育鑫、Makoto、另一位跟著我們的台籍日本通女作家，還有阿部先生，總共五個人要擠進小小的客廳席地而坐，真的完全塞到滿滿滿，

1 組合屋的擁擠可見一斑

2 帥帥的虎舞阿尼ㄎ一，訴說著他與海嘯罹難愛妻的故事，只找到半截身軀

3 虎舞大哥的車號，就是要311，跟惡魔拚了

4 海嘯奪走愛妻，阿尼ㄎ一只能自己照顧自己了

攝影育鑫的腳架根本無處可架，只能上肩拍了，甚至，攝影機有長度，立刻頂到後方的牆壁，逼得育鑫上身只能直挺挺地撐著，鏡頭和阿部先生的距離，已經不能再近了；重達十二公斤的攝影機上肩，這很靠體力耐力和意志力，特別是我的專訪總希望能挖出一些感人肺腑的故事，這是需要時間和互信磨出來的，真的難為育鑫了，但實在沒辦法，災區一切克難，就這樣開始專訪。

言談間，我開始覺得眼前這位歐吉桑，喔不，是要叫他「大哥」才對，日本語叫做「阿尼ㄎㄧ」，因為他舉手投足間都非常阿莎力，感覺很性格，是我很欣賞的那種風格。尤其，在這個天寒地凍的夜晚，他非常不拘小節地說他要喝冰涼啤酒，問我們要不要，結果，我們全部的人都搖搖頭；而我們一邊訪問，他還真的一邊喝起啤酒來，不過，這冰涼之間，我卻看見他的熱血奮戰與眼底淡淡的哀愁。

老婆的遺照大大地放在客廳供桌上，她是個美人胚子，照片中，她穿著日本和服，非常典雅有氣質，我想像著，這兩個人是多麼天造地設的一對佳偶，只可惜，海嘯奪走一切。阿部先生一進客廳，第一件事就是在老婆靈前敲木魚拜拜，口中唸唸有詞，也許是跟愛妻說：「我回來了，今天有遠方的台灣朋友來訪了！」

這趟採訪之旅，日本人 Makoto 總不幫我翻譯一些傷心故事的提問，但其實，對寫故事的我來說，往往真正扣人心弦的情節就在裡頭，才能讓大家感同身受；不過，沒關係，我原本就是個不太與人衝突的人，所以，我都會設法用不同的方式來提問，期待寫出最真摯感人的故事。只是，眼前的這位阿尼ㄎ一，我覺得他夠強悍，可以勇敢承受喪妻之痛，我決定直接發問：「愛妻有找到嗎？」

他說，地震發生時，他正在隔壁城市工作，當時正在開一場大型會議，一陣天搖地動後沒多久，海嘯就襲捲而來了，瞬間，城市摧毀、處處狼籍，房子都可以到處漂移撞毀了，又哪來道路可行走呢？在一切通訊都斷掉的情況之下，心急如焚的他，還是千方百計想回到大槌町，就這樣，他足足花了四十八小時，三月十三日才踏進大槌町，當時一看，天哪！簡直是人間煉獄，完全風雲變色，城市已不再是城市，甚至還到處在火燒，他急著找到家，但已無法辨識哪兒是哪兒了。

唯一在家的妻子不見了，他後來瘋狂似地翻遍整個大槌町，但就是不見愛妻的下落，這是他最深的痛楚，整個大槌町有多達一千三百多人死亡失蹤，他到處翻、到處找，但就是找不到，加上屍橫遍野，有的人更是肢體不全，無奈之餘，他只好請嫁到東京的女兒去留下DNA紀錄。結果，直到隔年的二〇一二年二月，幾乎要滿一週年了，日本政府通知他，說透過DNA比對，確認找到他太太了，但卻是從只剩一截胸口的身軀所比對出來的，換句話說，愛妻的遺體就剩這麼一小塊身軀，而且，這截身軀還是政府在大災難過後的三個半月，二〇一一年的六月二十七日，在隔壁的宮城縣海岸線撈到的……那是幾百公里之外了。

是不是非常不忍心？聽到這麼悲慘的遭遇，偏偏，類似的慘劇在災區卻是稀鬆平常，這就是大海嘯無情撕扯人類生命的真實。

採訪現場一陣靜默，我很擔心阿部先生會不會崩潰，但悲劇過了兩年了，加上自己剽悍的性格，他倒是輕鬆以對，當他用自己的身體來比畫出那一截身軀時，我也跟著痛徹心扉；只見，阿部先生倒吸一口氣、很平靜地講出來，我想，他是一位非常堅強勇敢的男子漢。

突然，他回頭拿起神主牌，這是當時他回到老家瘋狂搜尋時，唯一找到的東西，彷彿冥冥中，阿部祖先也不願意離開這塊他們幾個世代都賴以生存的土地。客廳裡，冰凍的空氣中，阿部先生不斷地撫摸著神主牌說，還好這個神主牌是完整的，讓他可以繼續參拜祖先，以善盡子孫的責任。我想，他是溫暖的、是孝順的，難怪，他會在重災區這麼蕭條落魄的環境裡，繼續傳承日本東北最在地的虎舞文化。

心靈備受衝擊之後，我們一行人離開他那個小小的組合屋，準備再驅車前往他的老家，尋找跳虎舞的夥伴們。

到了現場，只見一個簡易搭起的房舍，阿部先生說，這塊基地就是他以前的家，非常靠近海邊，海嘯之前他都是住在這裡的，他到處比手畫腳地說明，開始自豪起自己親手打造的庭園造景可奪過不少獎項，說他家有多漂亮，只可惜，暗夜裡的我們，只能用想像的了。他說，他十七歲就開始上貨船工作，當時幫聯合國送物資到國外，八年半的時間讓他繞地球一圈半，甚至，他也到過台灣基隆，感覺台灣人很有人情味，跟日本人很投緣，這是他對台灣的印象。果不其然，我也覺得自己跟這位阿部先生滿投緣的。

進到屋子裡，只見一群勇猛力壯的年輕人，穿著傳統服飾，像是見到「大哥」來了一樣，大家畢恭畢敬的；而阿部先生也完全轉換剛剛柔情萬千的好老公角色，拆掉斯文的眼鏡，儼然變成一個硬漢領袖般，非常嚴肅。我立刻驚覺，男人是不是經常得因不同的團體而扮演不同角色，要展現不一樣的性格？這樣的社會壓力，會不會太累了呢？還好，我先遇見了他先前的鐵漢柔情。

「阿部先生，你不換上傳統服飾嗎？」我發問，因為要開始拍攝跳虎舞的場景，我必須喬現場。

「我幹嘛換？」阿部很酷地回答。

「要拍你們跳虎舞啊！」

「我是不跳的！」他回答得斬釘截鐵。

「啥米？你不跳！」

「是啊！他們跳。」阿部很酷地指著那群年輕人。

「那你平常的角色是？」

「我看他們跳啊！」這麼簡單的答案，除了立刻感受到他的大哥氣勢之外，也實在完全出乎我意料之外，我的主角不跳虎舞的。

原來，阿部先生長年支持這個江戶時代流傳到現在的虎舞，在海嘯之前他就已經成立一個傳承地方文化的虎舞社團「醉虎會」，他自己擔任這個虎舞協議會的會長，主要就是支持他們到各處表演，並且培育下一代的種子，好讓這個象徵日本東北驕傲與傳統的虎舞文化能夠傳承下去，但他自己是不跳的。

後來我才知道，三一一家毀人亡之後，阿部先生剛開始也對未來失去信心，加上這個虎舞隊也有兩名成員罹難，家鄉的支離破碎與民不聊生，都迫使他渾渾噩噩過日子。直到有一天，突然有鄉親扛著一顆虎頭來見他，跟他說，家園什麼都找不到，但卻在山上找到這顆醉虎會的虎頭。失落的阿部看見這顆熟悉的虎頭，內心無比激動，像是被當頭棒喝一般，他想，或許上蒼還需要他這個男人去做些什麼吧？於是，這顆虎頭激發阿部先生勇敢活下去的勇氣，尤其，讓他決定要在重災區積極地活著，他把失散的隊友們找回來，一切重新開始。畢竟，虎是在地居民與漁夫的守護神，用來祈禱海上安全，儘管這個大海掠奪走他們的一切，但文化，卻是帶不走的！

架好攝影機，我請大夥兒開始表演，結果，他們立刻井然有序地先集合，誠心祭拜前方的神祇後，然後各就各位，有人擊鼓、有人吹簫、有人吹笛、有人敲鑼，還有人敲木魚，再加上最重要的舞弄老虎，團隊果真氣勢非凡。

表演完畢之後，我跟阿部先生說，現場就照他們平常互動的形式即可，我們的鏡頭要在旁邊側拍記錄，沒想到，阿部回答說，他們平常練習完畢就是喝啤酒、抽菸、聊天、開黃腔。啊——是這樣嗎？我真的把他們想像得太藝文了，感覺上，他們比較像是台灣在地的廟會陣頭一樣，大夥身上流著一種非常特殊的血液與氣質。

無論如何，我回答說，好吧！就照你們平常的樣子，沒想到，他們果真率性，桌子一搬，大夥兒迅速圍坐成一圈，每個人盤著腿坐在榻榻米上，「阿部老大」就在正中央背對神祇的位置，然後開始抽菸喝啤酒聊天，並且由他來跟「小弟們」發問。唉！抽菸鏡頭在台灣的電視台是不得出現的，否則就得打馬賽克，但眼前這一幕，真的讓我覺得，阿部先生就是個不折不扣的「阿尼ㄎ一」。

而且，阿部先生的聊天實在「很入世」，他跟那一夥年輕人介紹我們的開場白竟然是：「這位美麗的小姐來自台灣，就是三一一災難幫助日本人很多的那個美麗寶島，她是電視台的主播，率領團隊來拍攝我們跳虎舞，也不知道他們回去剪輯後會露出多長的內容，但我們都要好好地入鏡，感謝人家。」

Oh My God！他也知道電視台經過「好畫面」的挑選剪輯、加上收視率的考量，必須注意節奏性，經常是採訪了很多，但往往只露出一點點……哇！真的是很熟世面的「大哥」！

當下，我眼睛看著他的另類幽默，心中，又浮現起自己喜歡的那種男人類型，講義氣、顧朋友、有理念、勇往直前。我從不喜歡個性陰柔的白面書生，像十幾年前許多女記者開始瘋狂崇拜那位貌似潘安的政治明星，就讓我很受不了；經常，也有女性朋友問我喜歡哪種類型的男明星，我會說：渡邊謙、蔡振南、伍佰，然後對方就瞠目結舌，我不知道我哪裡講錯了，但「有肩膀的硬漢」這種特質，是絕對要的！

就像這支醉虎隊，儘管阿部先生自己家毀人亡，但他卻收拾起悲傷，在苦尋不到自己愛人的痛苦情緒下，還是希望用文化力量幫助鄉親的振作，所以，他們在二〇一一年五月，災後兩個月就已經開始對災民表演。我搜尋當時新聞資料的影像，自己都快感動得哭出來了，因為有個災民說：「海嘯奪走我的家園，我都沒哭，但現在看著虎舞表演，我倒感動激動到淚流不止。」我想，這就是扎根文化的重要性，它總是我們內心深處的一個根源所在，特別在這種擁有海洋性格的城市。

喪妻的阿尼ㄎ一，氣魄萬千地帶領醉虎會發揚虎舞文化

拍攝差不多之後，我向阿部先生告別，離開那個「另類幫眾」的感覺，他又回到親切的形象了，臨行前他告訴我：「我反對蓋十四．五米高的堤防，因為日本的三陸海岸線是非常漂亮的，怎麼可以讓毫無生命的它把城市跟海洋阻絕呢？如果要花大錢蓋那麼高的堤防，那倒不如把這些錢拿去做很好的避難道路與計畫。」

這，就是阿部先生，十足愛鄉愛土愛老婆的男子漢，他熱愛這塊土地，雖然，大槌町歷經三次海嘯的糾纏，但他依然無怨無悔地守護著這塊土地最大的特色。他知道，這次三一一大海嘯已經超越了日本政府原有的災難規格與避難計畫，但他覺得，就記取經驗，做出更高規格的避難計畫，家鄉特色不容抹滅，否則這個「與大海共生共存」的特色就會蕩然無存，也就更失去居住在大槌町的意義了。

果真是硬漢，就如同他災後選定的車號一樣，三一一，老子跟你拚了！別想帶走我們美好的一切！

最年輕的漁夫，買大船拚了

在造訪大槌町的當天清晨，我們一行人天還沒亮就出發，為了到釜石市的花露邊漁港，找一位當地最年輕的漁夫，聽說，他是海嘯重災區第一位帶頭衝的小夥子！

這天，氣溫低於零下，飯店外頭的雪積得好厚，一想到今天要出海，勢必更是寒風凜冽，我決定穿上二〇〇七年和台灣超馬好手林義傑去挑戰北極的保暖配備，只是，這回不跑步，而是要探訪一個小漁村，而且，名字超好聽，叫做「花露邊」。

天微微亮，我們的小巴已經快速蜿蜒在岩手縣境內的海邊，儘管睡眠不足，但我還是睜大了眼睛，不斷望向那遼闊的大平洋。

陰天、有風，海面更是灰藍色的，有種憂鬱的哀傷感，天氣不好，彷彿配合著我要造訪災區的心情，但其實，我總想在頹圮間找到一點光亮，是那種向上奮起的力量、是那種不願被現實擊敗的感覺，我相信它一直在重災區存活呼吸著……

無奈的是，海邊馬路有多長，緊鄰的就是一個又一個被海嘯摧毀的村落，現在都只剩白雪一片，彷彿不曾留下痕跡般地成為大自然的風景一樣。遠遠地，我看見了一個又一個的堤防，高聳堅固的水泥城牆面對輕輕撩起的海嘯，竟是如此的軟弱，完全不堪一擊；釜石港可是擁有稱霸全球的大堤防，號稱是「海上萬里長城」一般在守護他們，沒想到遇到三一一大海嘯，全部竟成豆腐般地不堪一擊。

釜石港防波堤有多宏偉呢？它北堤長九百九十米，南堤長六百七十米，高度更達到六十三米，滿潮時露出水面的高度為四．五米，水下為五十八．五米，被金氏世界紀錄認定為「世界第一深的防波堤」。一九七八年建造的時候，就是以一八九六年規模八．五地震所引起的三陸大海嘯為防禦標準，強調可以把海嘯水淹面積從一百四十一公頃減少為二十五公頃，而一旦海嘯越過堤防進入市區的話，那麼浸水深度也會被控制在〇．五米左右；結果呢？遇到規模九．〇的三一一大地震，一切破功！

這個海堤蓋了三十一年，花了一千兩百二十億日圓，一直到二〇〇九年才完成，被視為是保護生命財產安全的護身符，沒想到，偉大的建設才過兩年，面對海嘯卻已成斷垣殘壁，災難當時，據說直升機升空俯瞰，已經看不到這道海上長城，海嘯高度達到了二十三米以上，叫人類情何以堪？

唉！才說要找奮起的力量，但當你目睹海上長城也垮掉的時候，那種衝擊，真是會讓人震懾。實在不敢想像了，於是，我把視線從海平面抽回，但望向陸地這一邊，卻又是毀滅的城市，怪手還在來回地清理，兩年了，清也清不完。這時候，我驚見路邊的三個大石碑，趕快大喊「停車」！

眼前這一幕，真像個歷史的縮影。

最右邊的石碑，早已斑駁、也道盡滄桑，那是一八九六年「明治三陸大海嘯」的紀念碑。這一年，我永遠不會忘記，因為跟台灣命運緊緊相繫，一八九五年的馬關條約，台灣被清廷割讓給日本，福爾摩沙從此進入日本殖民統治的時代，兩國複雜糾葛的愛恨情仇也就此展開；現在，站在這個石碑面前，我想像著一百一十七年前，台灣有許多剽悍的人民正在浴血抵抗外來政權，而日本東北這一塊土地的人民，卻也正遭受海嘯無情的肆虐，天災與人禍，似乎讓地球子民重演無法喘息的悲劇。甚至，我常會覺得奇怪，日本當年為何要發動戰爭，難道有一部分原因是這個土地太常受天災襲擊，而要尋找新的安居樂土嗎？地震、海嘯、颱風，什麼時候停止過呢？

撥開石碑上的雪，水滴型石碑上頭的字，已經模糊難認，只隱約看見「津波」的字眼，但卻清晰訴說著這塊土地不敵海嘯的蒼涼，畢竟，它奪走了將近兩萬兩千人寶貴的生命。而在它的左手邊，矗立的是一九三三年「昭和三陸大海嘯」的紀念石碑，上頭的字看得比較清楚了，大大的標題寫著「昭和八年．津波紀念碑」，災難的時間與發生的經過，就這樣記錄在長方形圓頭的石碑上，這一回，也奪走三千多人的生命。

最左邊的，就是二〇一一年三一一東北大地震的紀念碑了，一下子就矗立了五個石柱，大理石般光亮的外表閃閃發亮，不但象徵記憶猶新，更凸顯新世紀的海嘯威力更加驚人。這三大海嘯石碑，象徵這塊土地百多年來飽受的巨大威脅，我不敢想像，後頭可

1

1 三次大地震大海嘯的紀念碑，最右邊1896年，中間是1933年，左邊五個新碑就是2011年的311

2 號稱海上長城的堤防崩解了

還有空間再納入第四個、第五個海嘯石碑嗎？我想，居民都想終結這樣的夢魘，不想再讓後代子孫世襲這種無可抗力的命運枷鎖，但，除非你選擇離開，否則，海嘯威脅不可能離開，好似這裡原本就是它宣洩勢力的地盤，是人類白目的闖進來；接下來，就看人類是否遠離家園、重建下一塊安全的樂土了；但遷徙，卻不一定是件容易的事。

帶著深深的感觸，我們再度上車往花露邊漁村去。快到了，但那位年輕漁夫佐佐木卻連繫不上，只見Makoto不斷地撥打手機都槓龜，非常困擾。

「Makoto，別緊張，一般在台灣鄉下是不用問地址的，只要問人，跟他們說我們要找誰，他們就有辦法的。我想，在日本應該也差不多吧！我們就直接到村子裡頭問人好了。」我這樣說。

於是，我們這部外地來的小巴直接駛進花露邊漁村。

Makoto遇到村民，搖下車窗問，只見對方真的跟他比手畫腳地比出佐佐木的家，而且還說：「佐佐木現在應該不在家，而是在港邊幹活。」你看，這就是鄉下，彼此都非常熟悉村民之間的作息。

到了港邊，再問人，只見那人指著一艘小艇上頭，穿著粉紅色連身褲裝雨衣的年輕人，說他就是佐佐木。Makoto立刻下車，上前去認人，賓果！我遠遠端詳這位年輕人，先想像他是帶領村民率先重建的勇者，不過，他戴著可愛的綠色毛帽，帽沿底下還露出一點點金黃色的頭髮，看得出是年輕人有的新潮 style；而他最讓我印象深刻的，還是他身上那一身粉紅色防水雨衣，兩條肩帶掛在肩膀上，看起來是相當卡哇伊的，但偏偏他就是率先在災後帶頭衝、第一個走出傷痛、向銀行貸款五千萬日幣買一艘更大的船出海的人，他只希望，自己的一小步，能突破災區的了無生氣，畢竟，一場海嘯讓這個唐丹町花露邊漁港的九成漁船統統不見了，以海為生的漁民失去維生的工具，巧婦也難為無米之炊！

Makoto 正在溝通出海採訪的事宜，只見佐佐木皺起眉頭看著遠方，我也跟著望向大海，發現風浪好大、氣溫很低，而且，現場波濤洶湧到海浪都躍上碼頭了，陸地與海洋似乎失去了清楚的分界線，主要也是因為大地震之後，當地地層下陷達七、八十公分，讓漁民傷透腦筋。

「今天風浪太大，出外海恐怕有問題，但我們可以先到佐佐木傳說中的那艘大船去拍，再判斷能否去拍佐佐木的養殖漁場。」Makoto 這樣告訴我們。緊接著，我們先在港邊搭小船快艇，往佐佐木的「第21號豊辰丸號」出發！

海上，大概有七級風浪吧！但我一點也不擔憂，因為記者生涯讓我深知自己擁有耐操不會暈船的體質，不知是意志力讓我不畏懼而忽略身體的障礙，還是媽媽真幫我生個平衡感超好的體魄？曾經，我因為跑遍全台各地的大小選舉，足跡遠征馬祖東引外的一個小島，小船在台灣海峽黑水溝乘風破浪，到達目的地後全船的人都吐了，我卻一點

地層下陷了，海水一再躍上海岸，波濤洶湧嚇人

兒不舒服也沒有；還有，為了了解六輕是否造成附近海域很難捕得到魚，我從雲林麥寮出海，從外海再拍回台灣本島，遠眺台塑六輕這個大海填土、憑空而生的龐然煙囪鐵管巨物，我和攝影記者搭的是更小的舢舨，原本船長希望我們先吃暈船藥，連他自己都吃了，但我深信自己不會暈船而拒吃，後來我果真在海上悠然自在，倒是本來也很鐵齒不吃暈船藥的攝影記者，因為得一直從小小的鏡頭視窗看拍攝實景，導致抬頭時想吐而陷入暈船的狀態。記者這一行，經常是很考驗身體的。

現在，在釜石市的海上，隨著小艇沉浮之間，我回頭望向花露邊漁港，白雪把整個村落點點覆蓋得非常詩情畫意，有著枯枝與傳統日本房舍點綴的雪景，真的很像風景明信片一樣，你不仔細看，不知道村莊的前五排房子根本不見了，港灣，不再是人的依靠，海嘯想靠岸，人類也只能讓位！

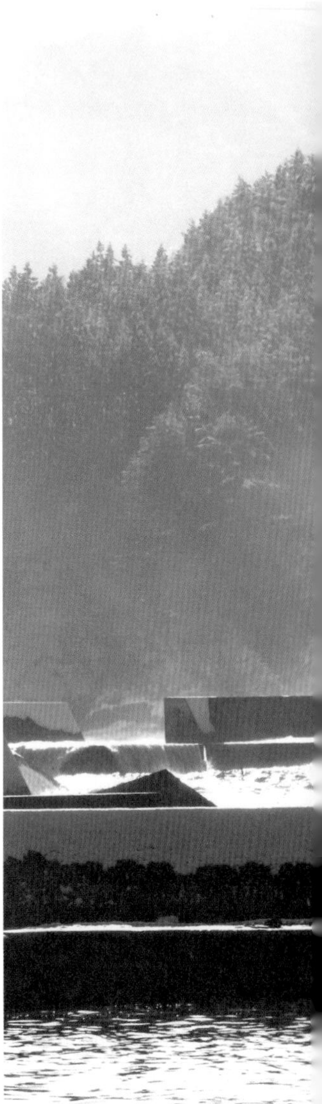

風很大，想到滅村心更涼，小艇上的日本人遞給我一罐溫熱的咖啡，我用兩隻手緊緊把它握進手掌心，貪圖這為時不久的溫暖。

過沒多久，眼前出現了那艘大船「第21號豊辰丸號」，原來我們要登這艘大船是必須搭乘小艇到海上，然後小艇靠近大船，我們再爬上去。現場只見佐佐木身手矯健地爬上大船，我們則在寒風凜冽中慢慢爬繩梯，Boarding。

上了船，佐佐木開始鏟雪，畢竟船上的積雪很厚，他話不多，就是靜靜地鏟雪，我趁他工作時在旁邊發問。

原來，他世居在花露邊，已經是第三代漁夫了，從爺爺開始，這個漁夫世家就緊緊地跟這個漁港命運相連。佐佐木自己從十八歲就開始捕魚，他的兒子三歲，他說他不想讓兒子再當佐佐木家族的第四代漁夫了，因為太辛苦，更何況三陸海岸的海嘯陰霾揮不去，這次的三一一災難更讓花露邊漁港有多達九成的漁船都不見了，生命財產隨時受到威脅。

不過，人與熟悉的土地命運就是緊緊相依，生於斯、長於斯，這種故鄉的情感難以切割悖離，佐佐木在地震災後一年，不忍鄉親們惶惶不可終日，整個村子死氣沉沉的，於是決定用行動帶動大家，買比以前更大兩倍的船，他說，他是花露邊最年輕的漁夫，就有責任帶領大家一起振作，而且必須有堅持下去的毅力。

進到駕駛艙，他秀給我看先進的雷達，光這個就花了台幣三百六十萬，雖然所費不貲，但為了有更好的漁獲，硬著頭皮也得幹下去！

先進的設備很炫，但佐佐木也秀了一下最原始的捕章魚方式，活動魚網裡頭穿夾著一隻魚當餌，只要有目標物進來吃，那麼這個特殊設計的魚網就會自動蓋起來，章魚也就無所遁逃了。

秀了這個原始的捕魚法，佐佐木說要帶我們出海去試試。我們再度登上小船，也設法到他的養殖魚場去看看；我和攝影記者分乘兩部不同的小船，以保持遠距拍攝的距離；無奈，海上風浪真的太大了，我屢屢眼見攝影那艘船幾乎被海浪給吞噬，佐佐木說，這就是漁夫之無可奈何，你沒辦法控制善變的天氣和浩瀚的海洋；這個意思就是，我們無法出海了……

我的心有些失落，坐在起伏劇烈的小艇上，繼續對充沛而巨大的海洋能量感嘆著。

回到岸上，海浪又翻過河堤打上岸，只見一堆漁夫趕緊移開岸邊的車輛，畢竟財產所剩無幾了；眼前的那種波濤洶湧，還真是肆無忌憚地張牙舞爪，非常囂張！甚至，海水不斷地灌上岸，佐佐木嘆口氣說，這裡地層下陷了七、八十公分，他們只衷心期待政府能把土地墊高。

其實，整個災區有太多地區的民眾都在殷殷期待政府能把土地給墊高，但工程浩大，誠屬不易。不過，現場倒是有來自新潟的工人冒著攝氏零下的低溫潛入海裡，為修補漁港在做努力，看著看著，我也跟著寒冷刺骨起來，災區重建，真是一條漫長又艱辛

1 花露邊漁夫忙著為漁船剷雪

2 下雪後的花露邊漁港，前五排房子只剩地基

3 佐佐木抿嘴握拳，誓言為故鄉重建而努力

4 年輕的佐佐木以大筆貸款買下第21號豊辰丸號，跟大海拚了

的路！

告別佐佐木，我看著他走回家的背影，三層樓的家，因為蓋在高台上，所以逃過一劫，只有一樓被兇猛的海水灌進去，妻兒性命都保住了，但這場浩劫顯然讓大家內心隱隱不安，是否再讓孩子繼續捕魚？還是該離開小漁村尋求生命的另一種可能性？海嘯與宿命，繼續衝擊著生命的抉擇……

點亮暗夜燈火的居酒屋

離開大槌町已經是夜幕低垂了，醒來之後的深夜，我們抵達下一個目的地——大船渡。

光聽「大船渡」這個名字，就覺得一定是個很壯觀的港口，然後港灣裡停靠著很多艘大船，但抵達的時候實在太晚了，什麼都看不見，映入眼簾的，只有飯店的大廳。好吧！外頭天冷，就趕快從車子出來，快速移動到飯店裡頭。

儘管晚餐還沒吃，但早出晚歸與筋疲力竭已經讓我一點兒想吃東西的念頭都沒有，我示意大夥兒 check-in 後趕緊先去吃晚飯，不用理我了。就這樣，我進房間盥洗完之後倒頭就睡，而且一覺到天亮。

對於睡覺，我是有那種本事——彷彿可以睡到天荒地老。記得二十歲剛從台南到台北教書，每每放假搭火車回台南老家，我一定坐到高雄，因為睡著了，睡到終點站也不得不醒來了；但有一次，卻沒人叫我，火車車廂已經不知道被拉到哪個月台了，我醒來才發現「天哪！這是什麼鬼地方，昏天暗地的！」然後，我會在一片驚慌失措的情緒下趕緊找到月台出站，因為覺得太丟臉了，「我一個女孩子，怎麼老是睡到不行」。通常，出了站之後第一件事，就是打公共電話回台南，跟母親大人說：「媽，我又睡過頭了，今天晚上我就住嘟嘟家好了！」好友嘟嘟的家就在後火車站的九如路上，太方便了，是常常收留我過夜的地方。到她家，除了姊妹淘老愛裹著棉被促膝長談之外，接下來，伴隨著火車汽笛與「哭嚕哭嚕」的火車輪胎駛過鐵軌聲，我依然會輕鬆進入夢鄉的。

這個坐過站的問題，直到後來手機發明了才解決，我會算準到台南站的時間，打電話給哥哥或朋友，要他們在幾點幾分快抵達台南站之前打給我，自然就會吵醒我了。後來，手機也有鬧鐘功能，我就再也沒有睡過頭了。

回憶這種「睡到天荒地老」的經驗真的很多，像是以前在三重光榮國小教書，每次我從台北火車站搭公車往三重去，經常醒過來已經在蘆洲了；還有，念大學時的摩托車郊遊，男同學必須拿長外套把我跟他綁住，因為我連坐摩托車都會睡著，除非我自己騎；過了二十歲開始有機會開車時，更經常在高速公路睡著，曾經，從台南開到台北，在沒有塞車的情況下開了十八小時，因為實在阻擋不住睡神，每開一會兒就想睡覺，而且是愛睏到直接駛到路肩就睡了，不管窗外車輛如何殺殺殺地疾駛呼嘯而過，我依然沒有任何知覺。

聽說，即使站著坐公車，我也會睡著，小學低年級時有一次跟姑姑從台南坐公車到麻豆，沒座位，我站著站著，然後就趴在正前方一位高年級少年的背上睡著了，那位少年不知怎麼辦，只好愈趴愈低，讓自己的背都變成平的桌面了，好讓我趴著睡覺，這件事是姑姑告訴我的，她說全車的人都在驚嘆這對「兩小無猜」，說那位少年真是體貼，將來一定是好對象。

不只如此，有一次家裡遭小偷了，媽媽在外頭接到通知的第一句話問的是：「雅琳有在家嗎？」她深怕我如果在家睡覺，那恐怕我不只不會知道小偷在旁邊翻箱倒櫃，而且被小偷抬走了也可能會昏沉無知呢！

還有一次，我真的在家睡覺，媽媽從外頭回來，發現自己沒有帶鑰匙，她一看裡頭房間燈亮著，知道我一定在家睡覺（因為我都自然睡著，通常不會記得關燈），於是一直按門鈴，但沒用；後來只好打電話，電話可是放在床頭邊的，我依然無感；媽媽再用最原始的方法，在窗外叫門，不斷呼喊我的名字，我還是沒醒來；走投無路了，怎麼辦呢？只見媽媽最後花錢去請開鎖的師傅來開鎖，她說，終於開進門了，走到床邊看著我還在呼呼睡覺，不知這期間發生的事，她真是覺得又好笑又好氣！

不管搭乘什麼交通工具、換什麼床、多麼惡劣的環境，我依然可以睡得很好，像過去跟著李登輝前總統訪問中南美洲時，他不像後來的阿扁總統比較「親近媒體」，他是從不讓記者跟他一起上總統專機的，所以，作為記者的我們只能苦哈哈地到處轉民航機，才能抵達那些普遍經濟弱勢的邦交國家。我記得有一次去巴拿馬，當時因為政策上鼓勵台商前往投資，所以民航客機是可以直飛巴拿馬的，這可是繞行半個地球之遠，結果，我上飛機坐定後就睡著，抵達目的地就醒過來，這種睡功可羨煞了不少失眠難熬的人。

還有一次，那時候的我還在自由時報當政治記者，美麗島事件坐苦牢終獲政治特赦的呂秀蓮出獄後選上立委，她一心想宣揚台灣主權，在奧地利舉辦了「Focus on Taiwan」的論壇活動，我被報社派去採訪。飛往歐洲通常都是晚上起飛，到泰國轉機後午夜凌晨時分直飛歐陸，但那一次，從曼谷再起飛之後竟然遇到輪子收不起來的窘境，而我，其實在午夜登機後就睡著了，我壓根兒不知道這空中盤旋過程中歷經工程人員掀地毯敲打修理等諸多處理危機的過程，機長最後真沒辦法了，只好到外海把油洩掉，然後迫降，據說當時全機乘客都嚇壞了，只有我非常安穩自在地沉浸在夢鄉裡。不過，起飛後一個小時我還是醒過來了，當睜開睡眼惺忪的雙眼往窗外一看時，發現怎麼已經看到陸地了，心想，這麼快就抵達目的地了嗎？我真的睡到連起來吃飯都沒有？頭往隔壁老外一看，只見他兩眼睜得斗大。

「怎麼了？」我用英語開口問。

「我真的太佩服妳了，妳怎麼可以睡得這麼安穩？」老外驚嘆地說著。

「怎麼了嗎？」

「飛機現在要迫降了，已經到外海洩完油，剛剛因為輪子收不起來，歷經好一場驚魂記呢！」

「喔！」

好，睡神又讓我避免掉一場生死歷險記，最後，飛機迫降成功，我們安全地回到候機室等待修理飛機，呂秀蓮助理告訴我，說學法律的老闆當時都已經在飛機上草擬遺書了，遺書內容就是「人生最後一刻，都還在為台灣主權奮鬥……」，哇，真的這麼驚險。

飛機後來無法修理，等候兩個小時之後，長榮航空只好安排過境旅館給大家休息，等待從台灣再調度新的飛機過來。那一夜，房間就一張床，我和呂秀蓮同床共枕，那一趟的歐洲「Focus on Taiwan」之旅，我們在法國巴黎為了省錢更繼續同房，彼此分享很多獨家閨中小秘密……

說了這麼多，只是想告訴大家，我有多麼容易入睡，文章回到大船渡的第一夜，我一抵達飯店房間，盥洗完就睡著了，隔天天一亮，我打開窗簾，嚇！怎麼外頭全是廢墟，矗立眼前的更是一棟只剩半個軀殼、斷垣殘壁的六層樓房子，只有遠端還剩一根大煙囪不斷冒出沖天白煙……我心想，外頭全被摧毀了，那我現在住的這一棟呢？

下樓出發時，我看見更大的景象了，沒錯，這家「大船渡廣場飯店」坐落的這個區域位於海嘯橫掃區，整個區域都毀掉了，唯獨這棟飯店孤伶伶地立著，彷彿是荒蕪中唯

從飯店房間望出去，才知道自己住在毀城的災區，而飯店這一棟孤獨存在

一試圖呼吸的生靈一樣。

「難道，海嘯來襲時這家飯店沒事嗎？」我問飯店櫃檯人員。

「當然有事！一到四樓都被摧毀了，還好建築主結構非常強硬，是老闆決定要趕緊修復，日子總是要過下去，否則災區了無生氣也不是辦法！」櫃檯人員客氣地回答。

沒錯！災區得要有「生氣」，真是我這趟旅程最迫切的感受！

我所在的位置，就是大船渡市熱鬧的市中心，據當地人說，這次三一一大地震，海嘯浪高最高的地方就是出現在大船渡市，有二十三．六公尺，相當於八層樓高了，真是難以想像。大船渡市，其實是個天然的良港，從高空衛星圖像看下來，它有一個綿延頗長的港灣深入陸地，但也因此，海嘯一來，大水就依著這樣的地形一路攻城掠地，殺個片甲不留。

從飯店走出來，是原本的主幹道，前方應該要有火車站的，但現場只剩空地上的白雪靄靄，以及從白雪種冒出頭的雜草。我盡量想像這邊曾有個熱鬧廣場，現場能夠找回昔日記憶的，只剩一個比人高的鐘塔，鋼筋水泥的造型讓它不至被摧毀，但上頭的鐘歪掉了，時針與分針也早已靜止，我跟著那個歪掉的鐘歪著頭看，指著三點二十五分，看得出來，從兩點四十六分發生地震，到這個地方被完全摧毀殆盡，不到四十分鐘，而這四十分鐘，再快樂生活的天堂也會因巨大海嘯變成人間煉獄！

往鐘的另一頭看，還有一個及肩高、銅鐵鑄成的咖啡色圓柱體還立著，我湊過去看，上面用隸書體鑄寫著「茶屋前商店街」，字體是飛揚的，但眼前依舊看不出有任何一絲的繁華，內心不禁感嘆，身為衝現場的新聞記者，卻已經像回歸歷史的考古家一樣，找著還不久前的記憶。

再環視一遍，除了遠方在山坡上的住戶倖免於難之外，這一處的繁華只能留待追憶了。我繞到飯店的後方，再看一遍，除了飯店本身，和我剛剛說窗外的那一棟六層樓斷垣殘壁之外，真的什麼都沒了，住在這樣的「荒郊野外」，有一種很奇怪的感覺……我知道我駐足之處，很多都歷經屍橫遍野的悲劇，好比滄海桑田，這是人類世界的巨變，但問題是，此處都還一片荒蕪，你卻住在僅存的一棟建築物裡，那種孤獨的蒼涼，真有無比的悲泣感，早已習慣群居的我，突然覺得被大自然狠狠剝奪到赤裸裸的境地。

尤其，經過打聽，那棟六層樓的斷垣殘壁，在大災難發生之後好久，才在電梯裡找到三具屍體，這個消息真令人揪心，可以想像，當時那又是一個無語問蒼天的瀕死過程，而且，大海嘯後千瘡百孔，誰會注意到在電梯裡還有被活活淹死的冤魂呢？晚上回到房間，我還是打開窗戶望著這棟斷垣殘壁，勇敢面對它，悼念死去的人們，也寄語這片廣大的災區能早日復興，點起一些亮光。

這個大船渡飯店，我得住兩晚，主要是因為隔壁城市的陸前高田市毀滅得比大船渡市更慘。那真的叫完全毀滅了，大船渡還有丘陵地與山坡地的住戶，很多人在津波衝過來時可就近逃到坡地，高一點的住戶也可能躲過海嘯，但陸前高田就沒這麼幸運了，一

所謂商店街已經一無所有

望無際的平原城市，下場就是海嘯過後一無所有，那裡我有很多感人肺腑的故事要採訪，但沒有任何一家飯店可落腳，必須再回到大船渡。

那天，結束陸前高田市的採訪回到飯店後，看著災區的死寂與漆黑，我決定「尋找荒蕪中的亮光」，看誰能在這百廢待舉中帶頭，當一個暗夜點燈的人。

一切，就從吃飯開始！

在災區，想吃飯，你不太需要問路，因為一眼望過去，在沒有任何房子的視線阻礙之下，整座城市有什麼是一目了然的。我看見距離飯店三百米附近有幾個光亮點，決定一探究竟。

大船渡最熱鬧的街道已成追憶，歪斜的燈座記載著海嘯毀城的時刻

「哇！是居酒屋耶！太好了！」我驚訝地尖叫，雀躍的聲音在空蕩蕩的城市裡顯得特別響亮，彷彿有大地的回音一樣。會這麼雀躍，一方面因為連日來在災區幾乎都是吃便利商店的速食，好不容易有個最富日本文化的居酒屋出現；再者，災區死氣沉沉的，誰那麼有勇氣開起居酒屋呢？我想，好故事又出現了喔！

再趨近一瞧，只見這家居酒屋像是個蒙古包一樣，細細的鐵架繃起白色的帆布，再吊上一串串的燈泡，與暗夜中的雪地相映成趣，重點是，帆布上頭寫了很多「復興」的字眼，一看就直覺地想，老闆應該跟我流著共同的正義血液吧?!

由於氣溫很低，老闆在大門覆蓋

著一層厚重的透明塑膠布幕，我們一群人掀開它走了進去，果真，現場播放的是快節奏的輕鬆流行歌曲，心情一下子放鬆不少；再看到熱騰騰的火鍋食物，空間中瀰漫的是一種溫暖的煙霧裊裊。我找了一桌請工作團隊坐下來，這才發現，椅子是用啤酒箱釘上一個木板做成的，桌子則是用更多啤酒箱當支架再釘上木板搭起來的，一切都很克難，但完全沒有廉價或不舒適的感覺。抬頭一看，這蒙古包內部的屋頂可掛滿了各式各樣的海報與旗幟，除了一再出現的「復興」字眼之外，圖騰一定是大大的、彩色的魚搭配海洋浪濤，象徵三陸一帶豐富的海產特色，然後再結上幾個彩球，整體氣氛好不愜意！

隔壁桌的歐吉桑正在暢飲生啤酒還開懷大笑，好久沒有在災區聽見這種無憂的聲音，真是暢快！我也跟著豪邁地坐了下來，立刻點了火鍋、生啤酒，以及我覬覦已久的生魚片，準備大快朵頤，畢竟大船渡的名產很多，秋刀魚、牡蠣、海膽、鮑魚、鮭魚都是特色。同時，我也開始跟年輕的店員詢問這家店老闆的點點滴滴，這麼巧，他就在附近的另一家拉麵店，我請店員聯絡他，跟他說台灣來的資深主播要採訪他。

沒過多久，那個厚重的隔寒塑膠布幕掀了開來，進來一位戴著毛帽、蓄著山羊鬍的年輕人鎌田直樹，他才三十四歲，感覺像是鄰家男孩一樣，老婆正在懷孕，但他卻在大災難之後，毅然決然從橫濱大都會回到故鄉大船渡開居酒屋，做災區第一個在暗夜中點亮燈火的人。

「大地震後我回來大船渡，真的讓我無限惆悵，什麼都沒了，而更深的恐懼是，沒有未來，不知道明天在哪裡？這種有形的和無形的『黑暗』，真是令人不寒而慄……」年輕的鎌田老闆不斷回憶著初到災區的情景。

「既然你覺得災區又黑又暗、了無生氣，你又為什麼要回來開設居酒屋？不擔心根本沒有人氣嗎？」我好奇地問。

「我就是看到一大片的黑暗，心中開始產生不安，我在想，家鄉怎麼辦？年輕人的未來怎麼辦？想著想著，不知為何，內心開始出現一種沒有根據的自信，就是，這裡只要燈一點亮，一定就會有人來！」鎌田先生眼中閃爍一種浪漫的堅定感。

就這樣，鎌田直樹秉持著一股開先鋒的烈士情懷，真的成為一個在黑暗中點亮燈火的人。

這一盞燈，在災區顯得特別顯眼，漸漸地，有人聚集過來了，就像我也是看著燈火而靠過來的；而來到這裡之後，似乎真能稍微忘卻外頭悲泣的遭遇，一個蒙古包包起來，且讓人生的恣意快活先凝聚凍結在這個歡笑暢飲的空間裡。

剛開始，大船渡因為災民太多，有很多義工隊進駐，所以，居酒屋在二〇一一年十二月開設的時候，服務很多義工，陪伴他們度過無數個洗滌悲傷心情的夜晚。而居酒屋設立的一大目的，也在提振災區年輕人的就業機會。

「大船渡的死寂，不只是大自然帶來的無情災難，而是，海嘯掃掉了城市，也埋葬了工作機會。所以，我橫濱的工作不做了，回到大船渡，我沒有先想到是否能營運賺錢

1 為頹圮災區點亮燈火的居酒屋

2 啤酒廂上頭再疊個木板，桌椅就有了

3 在復興旗幟下，跟居酒屋的年輕人一起加油

的問題，我只想到一定要回來，要創造災區的工作機會！這時候回來，才有生命真正存在的價值。」鎌田直樹講得斬釘截鐵。

果真，這家復興居酒屋的工作人員，清一色都是年輕人，有經驗的廚師看起來也不到四十歲，但大家相當質樸而堅毅的，在故鄉災區認真地存活下去。我到廚房去看看他們，只見大夥兒都非常害羞生怯，我索性把大家都請出來，連同女服務生，大家一起在復興海報下握拳呼口號：「大船渡，加油！」

而這位在暗夜裡點燈的年輕老闆一再強調，再怎麼樣的巨大災難，文化不可消失，所以，他還要舉辦一連串的活動，來牽繫起災民的心。像是，災區哪來耶誕派對？哪來跨年倒數？哪來饒舌樂團？這些災區缺乏的，他統統把它找回來，只見大船渡的這一家復興居酒屋，開始辦起各式各樣的活動，讓災區民眾不要變成二等公民，在等待漫長復健的過程中，也能享有度耶誕、慶跨年的歡樂活動，甚至，進一步吸引外地人可以到災區來。

為了讓災區能點亮更多的燈火，鎌田直樹除了耗資兩百萬台幣，自己手工搭建蒙古包居酒屋之外，更陸續開設起拉麵店和酒吧，雖然規模都不大，但總是一個元氣加油站，也希望這顆種子能繼續發芽，鼓舞更多人來點亮災區的燈火！

尋回兩百年味道的醬油

同樣住在大船渡僅存的廣場飯店，目的是為了造訪隔壁的陸前高田市，那是一個我所見過最為傷心的地方，兩萬五千人的城市，完全化為烏有，海嘯進來之後，整座城市被夷為平地，由於平地很大，缺乏可立即爬上避難的高處，死傷也就很多，大約有一千五百人罹難；兩週年了，我們即使是開著車繞行，過了十分鐘，地表上還是只見白雪、雜草和堆積成山的廢墟石塊與鋼筋，誰能想像，這裡曾經是一個觀光大城市呢？

這麼巨大的創痛，可以想見，裡頭有多少感人肺腑的故事。此刻，我們要設法去尋找一個兩百年老醬油的味道！

八木澤商店，一八〇七年創立，到二〇一一年大災難發生時，已經有兩百零四年的悠久歷史了。那是日本的江戶時代，剛開始起家的時候是在山形縣的米澤，「米」字拆成「八」和「木」，就變成「八木澤」，原本是做清酒，從一九一〇年發展出一種獨特的菌種，開始做醬油，第二次世界大戰期間，河野家族就把清酒和醬油工廠分開了，醬油事業歷經多次的品評會都拿到第一，擊敗一千五百多家的同業，可謂稱霸全日本，但，三一一大海嘯，卻把八木澤的一切，摧毀殆盡……

從電子檔的老舊照片中，依稀可見八木澤商店的傳統質感，這家歷史悠久的商店與醬油製造工廠都坐落在陸前高田市，海嘯帶走一切，連帶他們家所有的醬油桶子也淹沒在滾滾浪濤當中，精緻的極品卻宛如糞土塵埃一般，一切變成粉碎雜亂的垃圾。

為了找到河野家族，我來到山林間的組合屋區，找到臨時架設的八木澤商店，即使是災區的臨時屋，依舊保持著典雅傳統的風格，尤其，它們的古店儘管已經被海嘯摧毀，但菱格紋門窗外觀的特色，沒有被遺忘。

拉了木門進入商店，架上擺滿各式各樣的釀造產品與味噌，更有好多得獎的紀錄，甚至，日本的漫畫書也有以八木澤商店為主角的故事，足見它們享譽東瀛的地位。我細細端詳著這一切，轉角處，立刻瞥見一個大大的老八木澤商店模型，我想，這家子人一定很念舊、很守護傳統價值。

「雅琳姐，社長來了！」翻譯 Makoto 把我從商品瀏覽的情緒中叫醒。

「哇，怎麼這麼年輕？」這是我的第一個反應，沒錯，我還沉浸在兩百年歷史的醬油文化洪流裡，怎麼眼前出現的社長這麼年輕？

他是第九代掌門人河野通洋社長，地震當時才三十七歲，已經是三個孩子的爸，最大的已經念國中了，地震來襲時，他正召集公司幹部開會，一聽到有海嘯警報，立刻啟動避難機制，無奈最後還是失去親愛的姑姑，以及一位加入消防團返回重災區救災的三十年老員工。

河野社長雖然年輕，最重要的任務還是確保員工的平安，三一一災後，他花了四天的時間才有辦法把所有員工送回家，當時離別的時候還約定：「我們知道這個災難太大了，但是，四月一號，災難後二十二天，我們一定要再集合重逢！」

就這樣，大家分手，各自回家去面對不同的傷痛與考驗，並且約定好四月一號再見。果真，這個災後愚人節到了，除了不幸往生與失蹤的之外，員工們都出現了，足見這個兩百年老家業的凝聚力。河野先生確定大家起碼平安，開始收拾起悲痛，要重建醬油產業，這才發現，完全找不到菌種了。

有一天，當地電視台的記者來電通知，說在某個廢墟找到一個八木澤商店的醬油桶子，河野通洋立刻趕到現場，跟工作人員不斷地設法在大大的桶子內部刮取菌種，心裡真的焦急萬分，因為想說祖先的智慧與資產就存乎這一線希望了，但是，他們費盡心思地東刮刮、西刮刮，還是什麼都找不到，唯一有刮到一點點的，卻因為浸泡海水，也已經無法再利用了。

味道，真是無可替代，整個家族陷入愁雲慘霧當中，難道，這個兩百年事業，就此畫下句點嗎？

天無絕人之路，就在萬般沮喪的時候，一個來自釜石市的地方行政法人機構「岩手縣工業技術研究中心」來電，說它們之前為了研究日本第一醬油的菌種，特別留了四公

1 海嘯沖走兩百年歷史的八木澤商店，這個模型留待追憶

2 八木澤商店的醬油稱霸全日本

3 研究機構保留了八木澤醬油樣本，才讓兩百年好味道不至於消失，這一甕我好不容易才找到

4 絕不讓海嘯擊敗，河野社長在災後花四天把所有員工設法送回家

升的樣本，雖然釜石市的機構也有損傷，但醬油菌種的樣本「還活著」，所以已經移到山上安全的研究中心去了。

這個天大的好消息振奮了河野家族，我也因此長途跋涉到那個位於山上的研究中心，只為拍攝那個一甕殘存的感覺。

現場積了好厚的雪，我留下重重足印後，在它們研究中心恆溫兩度的儲藏室裡，終於找到那關鍵的十罐培養皿，裡頭就是八木澤醬油的菌種樣本，打開一聞，還真是香味撲鼻，嗯——，就是這個味道，維繫了家族興旺兩百年的命脈……

三十七歲的河野社長真的是個充滿活力與正向思考的人，他說，面對海嘯災難，他從無絕望的心情，內心只有一個感覺，就是奮戰到底；當時，他每天都在幫忙確認大體，那種悲慘是對人心非常扭曲的，也很考驗一個人的意志力，但他就是只想對海嘯開罵，內心雖然憤怒無比，卻又同時讓他冷靜不已，眼見百年工廠被沖走，他只想著要如何從頭開始，所幸，找到菌種樣本之後，他開始貸款重建，而為了讓百年事業永續發展，這回他找更高的山去重建更大的工廠！

我跟著河野社長繞過一個又一個蜿蜒的山路，終於在天黑前一刻抵達山上又大又新的工廠。佔地面積都很大，可是當時氣溫實在很低，我一再打哆嗦，想快速移進建築體裡，在發抖的同時，我又看見被白雪覆蓋的廠房外觀底座的設計，仍是熟悉的八木澤式菱格紋。

終於，工作人員來開鎖，我立刻踩過厚厚的積雪進到全新的工廠，進入眼簾的全是現代化大型機器，八木澤商店因為海嘯這場危機必須置之死地而後生，乾脆更大手筆地把它當作轉機，進入全自動生產的階段，但強調必須保持傳統的技術。過去災前的營業額一年有四億兩千萬日幣，現在投入六億日幣設廠，期待將來要有更大的收益，尤其，整個家族不願再受到海嘯的威脅，工廠就此定居在沒有土石流危害的山上。

但，海邊那個故鄉城市呢？陸前高田市，還想回去嗎？河野社長又是以斬釘截鐵的語氣告訴我，陸前高田存活下來的人有八成都想要住在高處了，如果要回到故土的話，那請政府墊高八到十二米，他們才敢回去。

這又是一個要求墊高整座城市的聲音，那麼大的面積要墊高四層樓，談何容易？古代還有愚公移山的故事，現代的災難寫實大悲劇儘管歷歷在目，但要真能移山填高人類居住的土地，那還真是個天真的想像，不過，可以確定的是，當天災掠奪一切之後，安全，成了人們最大的渴求！

告別河野社長，我又踏回那條蜿蜒的山路，夜幕低垂，他的影像卻在腦海中更鮮明起來，因為，這又是災區一個奮力向前的年輕人，兩百年的產業可以復活，也是靠他不斷地凝聚員工的元氣；而味道，原來這麼不容易取代，少了大家所依戀的那一味原始，什麼豐功偉業也枉然！

被海嘯毀掉的雄勝町

有Guts的東京年輕人

我很慶幸，自己在九〇年代毅然決絕辭去穩定教職而成為新聞記者，在那個剛解嚴的民主改革浪潮裡，處處是可供發揮的公共議題；我曾在九一記者節上街爭取新聞自主、也曾幫忙籌組台灣記者協會，為求實踐更完善的新聞環境，尤其，每天有太多民主未臻完善的事件可以報導，更可揭露過去被強權壓抑的真人故事。那時候的我，一點都不覺得放棄有寒暑假又可領薪的日子、放棄十八%優惠存款利率的身分、放棄一堆教育等補助的福利，有什麼困難的，我反而樂於去追求「每天進步的感覺」，對於站在第一線當記者，我非常快樂！

但，隨著台灣一步步落實民主法治，我也長年在新聞系任教，愈來愈覺得八〇後、甚至九〇後的年輕人當記者，到底是否依然會胸懷大志地帶著理想色彩？或起碼有一點改革的浪漫主義？

本來內心是存疑的，直到我看到年輕一輩開始關心土地與弱勢，開始注意到高度經濟發展下所滋生的不公不義與環境永續性破壞的議題時，開始鬆了一口氣，還責怪自己不該有「一代不如一代」的想法，其實，每個時代的青年應都能有其實踐理念之處。這次日本重災區之行，更讓我看到——這一代不一樣的年輕人！

一月二十日，目的地是宮城縣的石卷市，要看的是漁業如何復興。

又是大清晨天還沒亮就出發，走了好遠的路，跨過無數個山頭與河流，終於抵達「雄勝町（オーガッツ）」，日文唸起來，這麼巧就叫做「Oh! Guts!」，翻成英文就是「喔！真有魄力！」沒錯，希望今天可以找到魄力無窮的漁人！

小巴停在一座橋的前方，我下車，看見橋下一整片的空地又只剩一格一格的地基，心裡頭明白，這個海邊的漁村已經被海嘯蹂躪過而遭滅跡了，查一下資料，沒錯，兩百戶的住家統統被沖走，又是一個活生生的慘境；但，活下來的人還是得積極過日子，Makoto告訴我，今天要找一位養殖魚貝的伊藤浩光先生，他可是災後反而發展出全新的漁業產銷方式，還榮登哈佛大學管理學院的教材喔。

那，人呢？只見Makoto用手機通話後，過了不久，橋另一邊開來一輛貨車，到我們的跟前停了下來，下車的是一位留著黑黑的鬍子、看起來有點歷經風霜的先生。

這個人沒有親切的笑容與招呼，我們跟隨他的腳步拜訪他位於海邊岩岸上溫暖的家。內心會先設想是「溫暖」，實在是外頭氣溫太低，我正渴求著，如果進到室內，應該有那種暖榻，或者，會開個電熱器取暖一下吧！只見，東方的太陽好不容易剛剛升起，終於有一點點和煦陽光的溫度，但天氣還是非常冷。

伊藤先生引領我們進到一間榻榻米的和室，大家圍坐盤腿在地上，我端詳了一下，啥米？竟然沒有暖氣，心一揪，好吧！只好忍耐，反正本「阿信主播」什麼惡劣的採訪環境都能忍，想想，就連北極那種零下四十度都捱過了，還怕這個？頓時之間，意志力已經把寒冷這件事先丟一旁，開始了解眼前這位粗獷的漁夫伊藤浩光先生。

他原本是在仙台做貨運公司，二〇〇五年繼承父親在雄勝町的養殖場而回到故鄉，地震海嘯來襲時，已有海上搏鬥經驗的他，很英勇地擔任消防團的成員，開始進行救難，尤其，他是把最後一個村民救離災難地之後才離開的人，贏得不少掌聲。但，他的家被海嘯沖走，一切化為烏有，我們現在正在談話的「家」，原來是他暫時租來的棲身之所。當時，沒有錢、沒有任何證件，伊藤在避難所足足等了三天，政府終於在極盡龐大的廢墟城當中清出一條道路後，他本能地逃回仙台，這個他早已習慣的老巢。

1 拉起養殖繩，伊藤說有很多附著的非目標貝類都要打掉

2 完全毀壞後的重生，建立品牌就以雄勝町的讀音「Oh! Guts!」為名

3 東北海邊風景宜人，海嘯捲來卻像地獄

4 年輕的立花（右）在仙台與伊藤（左）相遇之後，放棄東京一切，回鄉當漁夫

但，伊藤家族留下來的養殖事業，就要這樣從此畫上句點了嗎？那，如果要重建，他應該怎麼做？伊藤在仙台一個人靜靜地、反覆地思索自己擁有什麼？又缺乏什麼？突然間，不知怎來的靈感，震後第六天，他腦袋裡浮出一個新鮮漁獲產地直銷的販賣系統。

他過去是只有捕魚養貝，他從不自己賣，但已開發加工廠，他想，當人生什麼都沒有了以後，一切從頭來，是否可以「一條龍」掌握，他不想再看到父執輩老是遭中間商剝削，於是，二〇一一年三月十七日，也就是災後第六天，當災民都還籠罩在家破人亡的愁雲慘霧中時，伊藤已經擬定一個復興計畫案。

說著說著，這位看起來非常粗獷的伊藤先生說：「等一下！」然後轉身離開榻榻米，過沒多久再出現，他拿出一張A4紙，上頭是他所畫的一些圖表，說明整個產銷體系的想法，其實，就是從產地直銷到消費者，減少中間商的剝削，然後結合觀光、增加消費者的體驗，他告訴我，說他二月十號即將演講的題目就是「水產業與觀光結合」。

坦白說，農漁業結合休閒觀光，其實在台灣已經發展得很蓬勃了，當我看著伊藤先生講得津津有味時，我在想，難道這在日本偏鄉是個創舉嗎？可能是日本一向很強調組織化與分工細密，已經很習慣過去的產銷傳統，但海嘯破除了一切，要復興就需要有大破大立的想法，伊藤先生強調，這idea可是他想出來的喔！好吧，就當他的原創；當然，這套辦法對災區來說，可能更working，因為災民資產歸零，要讓日子可以重新開始，就不要再「剝幾層皮」了。

浩劫之後，可以擦出多少火花呢？且看，兩個男人的相遇……

伊藤腦海中那個「產地直銷並結合觀光」的想法不斷地打轉，那段避難時間剛好有很多NPO非營利組織到災區服務，在緣分牽引下，伊藤遇見了長年在東京大都會開食品公司當老闆的老鄉立花貴先生。

他是個四十二歲的年輕人，很有意思，大地震一發生後，他因為急著回到故鄉宮城縣探視母親與妹妹是否平安而離開東京，沒想到，到了災區，整個人被眼前的大悲大難給震撼到，於是開始當義工，在酷寒的災區到處煮熱食給災民吃，發送出十萬份的食物。

後來，他甚至不回東京了，就是因為他認識了伊藤浩光先生，知道這位漁夫想要振興漁業，覺得幫災區起死回生會是個更具有積極意義的行動，於是，立花先生開始穿起漁夫的青蛙雨衣裝，放下曾為大老闆的姿態，來到雄勝町這個偏遠鄉下，一步一腳印地重建漁產事業。

聽完伊藤的陳述，我們走出他的租屋處，他說，整座村子只有岩岸峭壁上的這幾戶是倖免於難的，其他都被摧毀了；他還遠遠比畫著大橋上的津波痕跡，告訴我們，海嘯是可以這樣淹過三層樓高的……

「大家好！」還在峭壁上望著「消失的村莊」的我們，被突然的問候聲給叫住，回頭一看，一個好清秀的年輕人。

「立花先生嗎？」我直覺地問。

「沒錯！」Makoto 回答我。

立花先生帶著淺淺的微笑，看起來非常的……與世無爭。

寒暄一陣子之後，我們採訪團隊跟著這兩位「漁村勇士雙人組」出海，準備去看他們的養殖漁場。東北的海水好湛藍，如果它沒有抓狂式的海嘯威脅，眼前這一切堪稱是人間極景；三一一之後，每當我接近日本的大海，就會有如此深沉的感嘆，大海美景對我來說，總是被蒙上一層幽暗的陰影。

年輕的立花先生操作船隻已經非常駕輕就熟了，緊接著我們乘風破浪，隨著達達的引擎聲往漁場開去。現場只見一顆顆黃色和紅色的浮球，浮球底下的海水裡，其實綁著各式各樣養殖貝類的繩索。伊藤把船靜止後，用自動機器把其中一串拉起來給我看，那可是海裡三十米的深度，粗粗的繩索已經一段一段地結滿各式各樣的貝類，但重點是要有高經濟價值的。這一串主要是干貝，非常巨大的干貝，只見伊藤摘一顆下來，足足有他這個大男人的巴掌大。他直接用刀子把扇貝割開，冷風凜冽，我的心卻熱呼呼地期待著，因為這還是我第一次從海上撈出大干貝。

「哇！好大一個喔！」我驚呼著，因為伊藤先生一劃開扇貝殼，只見非常飽滿肥嫩的干貝就這麼彈出來。

伊藤把它直接又放到海水裡涮一涮，然後用刀熟練的劃三刀，大干貝變成六塊，雖然語言不通，他也知道這時候最好的溝通就是美味了，他挖出干貝給我嚐嚐，生的喔，我直接把干貝拉起來，往嘴裡一塞。

「哇！歐伊係ㄋㄟ！」這是我能用日文表達的滿滿幸福感了，然後拚命對伊藤點頭，用一個很陶醉的表情回送給他，總算，酷酷的伊藤嘴角也笑了！

不過，真的很好吃，好食材的美味就是這樣，根本不用什麼調味料，直接入口享受甘甜，那膚色般的干貝品質真的非常細緻，唉！難免我又要感嘆，這麼美好的味道，也是被孕育在這片深藍色的大海裡，它擁有巨大的能量，能成就人類的食物，卻也能直接摧毀人類。

旁邊的立花先生又拉起另一串養殖帶，結果，養的是生蠔，他東看西看，雖然大小已經也差不多要巴掌大了，但他說，這還沒長大，必須等到兩年夠大也夠成熟時才能採收。

不過，這麼一撈起來，倒是發現上頭寄生的東西非常多，伊藤先生說，很多都是不要的，他先是徒手扳掉黏在生蠔上的寄生物，然後再檢視整條養殖帶上頭的東西，像是孔雀蛤，他也不要！

「啥米？孔雀蛤也不要喔？」我好驚訝，心想，孔雀蛤不也是一種美味料理嗎？怎麼伊藤先生直接把它當垃圾拔除丟掉？

「我們要養的是生蠔，要集中養分在它身上。」伊藤先生講得很乾脆，然後直接帥氣地把一個個的孔雀蛤丟進大海裡。

接著，他摸摸養殖帶，突然噴出水柱來，「這不是水槍喔，這是海鞘」。海鞘，什麼東西？我一輩子也沒聽過，很直覺地問：「這是啥？」

沒想到，他的回答更直接：「這是垃圾！」

天哪！真是垃圾嗎？我趕快上網查查，結果發現原來海鞘又稱「海中鳳梨」，因為形狀像鳳梨，在中國山東省沿海一帶把它叫做「海奶子」，常見的海鞘有玻璃海鞘、有炳海鞘、擬菊海鞘等，我想，我看見的是玻璃海奶子吧？因為它是透明的，維基百科說，海鞘一旦遇到刺激，會通過收縮擠壓身體裡的水向外噴出，以達到退敵的目的。

「喔！原來如此，難怪一摸就噴出水柱。」我又上了一課，但，它真的如伊藤先生說的，是垃圾嗎？

我繼續看下去，發現海鞘主要生存的地區在寒帶或溫帶，可食用的海鞘只有一到兩種，就是在日本宮城和岩手有大面積養殖，產季短，在每年六到八月，被日本、韓國和法國用來作為食材，不但被稱為「東北珍味」，而且海鞘含有縮醛磷脂，能有效治癒阿茲海默症，它的共生菌甚至能治癒癌症，其可食用部分含有多種胺基酸、礦物元素和脂肪酸，對人體有相當大的益處。

啊！既然如此，這種會噴水的海鞘應該有很多的用處，但伊藤先生卻直接說，那叫垃圾。好吧，也許他目標明確，要養殖最有經濟價值的生蠔和干貝，其他的珍品也不被他看在眼裡。

既然來到海上養殖漁場，伊藤和立花兩位大男人也乾脆好好檢視一番，他們說，如果浮球下降得太嚴重的話，就是上頭的寄生物太多了，得一一刨除掉；而繩索上也有很多的寄生物，動植物都有，只見兩人拿起棒球棒，直接把它們統統三振掉！

伊藤先生原本的家、漁船、養殖設施和加工廠，全在三一一大海嘯當中流失了，一無所有讓他產生更巨大的力量，他直接告訴自己：「我要重建，而且要重建一個會賺錢的漁場。」這樣的聲音不斷在他腦海中迴盪著，才會讓他積極地規畫出新的產銷方式。

回到岸上，我們來到海邊組合屋搭建的加工廠，規模並不大，但產值卻相當驚人，尤其，這裡算是立花先生的天堂一樣，只見這個原本開食品公司當老闆的人遊刃有餘地，開始處裡一整籃的大干貝。

他在流動的水池裡洗淨扇貝，並且用鋼刷刷乾淨，然後，用刀子切開扇貝，把裡頭的干貝貝柱、裙帶邊和內臟挖出來，各分成三個區塊，其中最頂級的干貝貝柱就是主要的銷售產品，他把它們分做原味的、或是鹽麴、或是加上宮城縣在地的高砂長壽味噌，一盒放十個大大飽滿的干貝，周圍再放些裙帶邊，最新鮮的海產就在這裡啦！

「這樣一盒賣多少錢？」我好奇地問。

「一盒加運費，是四千五百日幣。」我簡單除以三算一算，應該大約台幣一千五百元，等於一顆干貝一百五十元，這麼飽滿肥厚的干貝，應該不算貴吧?!重點是，要直接賣給消費者，不再經過中間的經銷商與商店。

「那災後這樣直接賣給消費者，獲利的情況如何？」

「非常好啊！」立花先生不疾不徐地說：「像是漁產直銷的獲利成長了三〇％，而加工品直銷的獲利更是成長三百％。」

「什麼？差這麼多？」我真的驚嘆這樣的答案，心想，那過去辛苦的漁民不就只賺很微薄的辛苦勞力錢了嗎？

其實，立花先生最大的貢獻，就是他為了建立這種「漁民─消費者」的直銷管道，已經往返東京與宮城兩百多次，他不厭其煩地一車一車載來東京人，讓他們到這裡體驗一日漁夫的生活，同時帶回最新鮮的漁獲，而這些人，都成為「Oh! Guts!」的會員，買方固定下來了，以後他們就直接訂貨即可。其實，這跟農漁民直接上網賣給消費者是一樣的，只是，你一開始怎麼產生那些客戶、消費者，所以立花先生真的充當車伕，兩百次的來回，總共從東京帶回一千多人來到這個小小的漁村，而整個日本在震後的氣氛是，大家也極願意盡點力幫忙災區重生，那麼，這樣暨能體驗遊玩、又可得到最新鮮的漁獲、又可幫助國家與人民，何樂而不為？

這就是災區的生命力，唯有這樣，災民才不會再繼續悲傷下去！

而且，除了親力親為帶遊客來到海嘯漁村之外，宣傳也很重要，立花先生甚至出書，把這一切記錄下來，分享給更多人。

這種生命力真是令人感動，抛下東京事業的立花先生真的貢獻很多，但他依然非常謙卑，總是帶著微笑付諸行動。我看著他忙碌的身影，不由得深深地敬佩起來，幫助災區，這是最堅實的作為，大災難之後，人間處處有溫情，尤其，年輕人可以這麼有使命感，這是我所看見的真情現代日本！

完成這一階段的漁產加工作業，立花先生抱著一整籃的干貝內臟走出加工廠，幹嘛呢？聰明的海鷗們都飛過來了。

原來，這些內臟全都大方地分給海鷗吃，只見立花先生用力把它們撒向天空與大海，眼前這一大群飛舞的海鷗各自展現雄姿，看起來非常壯觀，牠們不用爭食，因為食物非常多，但這一幕有山景的碧海藍天，加上飛舞的海鷗與善良的人們，真是令人賞心悅目！真期待，世界只有美好，海嘯不要再來，但遇上了，就勇敢面對，好比這個雄勝町的日文發音一樣「Oh! Guts!」！

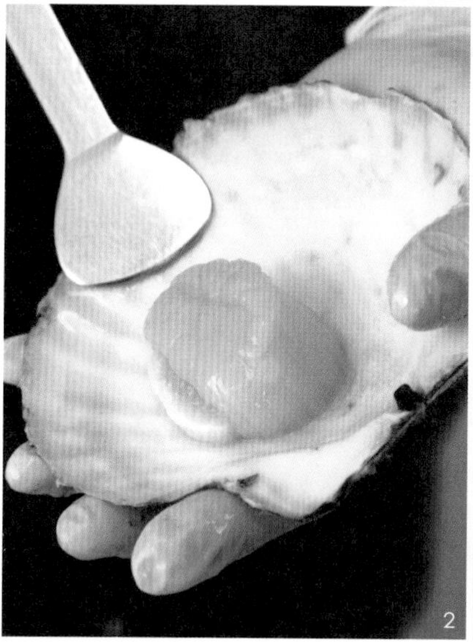

1 粗獷的伊藤先生，海嘯來襲時他到處救人，是最後一個離開災難現場的人

2 一盒新鮮干貝加運費，不到台幣1500

3 剩下的干貝內臟都給海鷗吃，很澎湃呢

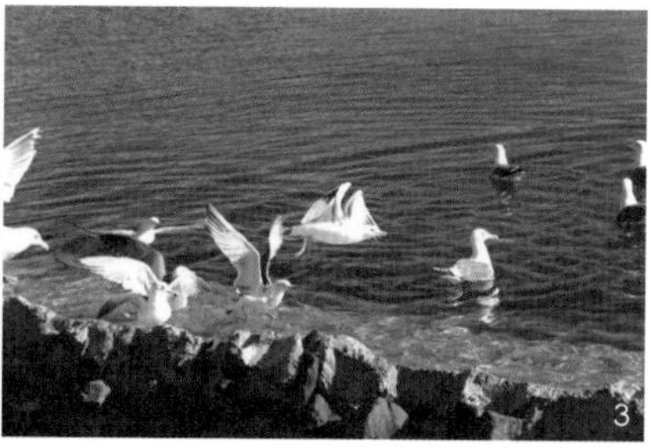

海嘯沖不走的八十年老招牌

很多台灣人到日本旅遊，總會帶回一些菓子點心給親朋好友分享，在大船渡，東北岩手縣最知名的海鷗蛋，卻意外成為地震海嘯災民收容所最甘甜窩心的糧食。

二〇一三年一月十七日，我來到岩手縣的大船渡市，光看「大船渡」這個地名，就已經充分感受到海港城市的氛圍；從高空衛星照看下去，更可看出它是一個海灣中的海灣，頗具天然良港的特色，港灣線被修築得整齊劃一，緊鄰的街廓房舍相當具有規模，非常熱鬧的城市，無奈同樣毀於三一一大海嘯。

天寒地凍中，我們驅車前往山上的海鷗蛋工廠，沿路兩旁都是白茫茫的雪景，天空非常清澈，空氣間更有一種穿透感的沁涼，眼前真的叫做風光明媚，一副日本東北嚴冬的優雅景致。

踏雪進入這間擁有八十年歷史的菓子公司，一進門就看見櫃上典雅地擺著各式各樣的點心成品，包裝賞心悅目、菓子看起來也令人垂涎欲滴；沒有富麗堂皇的裝修，卻有著會令人觸動心弦的真實感。

公司人員引領我們進到董事長辦公室，清透的明窗形成兩大面的牆，風景映進來，又讓我看見那令人舒暢的滿山枯枝與點點白雪；我們來得早，齊藤董仔還沒到，但吸睛的是，我看見他氣派辦公桌旁立了一個非常老舊寒酸的招牌，木頭做的、已經歷經滄桑的感覺，上頭用很簡單的毛筆沾了黑紅藍三種色彩，寫了「名物・鷗的玉子・土產」等文字，工作人員說這個招牌可厲害了，是一九三三年第一代齊藤俊雄老先生創立麻糬攤時所寫的，留到現在，被後代當寶貝珍惜著。

一九三三年，啥？那年不是昭和三陸大地震大海嘯嗎？齊藤老先生的創業，難道又是一個因為完全的破壞導致完全的重生嗎？

這時候，第二代已經七十歲的齊藤俊明董事長進來了，西裝筆挺，一副成功企業家的樣子，簡單問候之後，他告訴我，這個招牌其實是在一九五二年寫的，因為那個時候麻糬事業已經有規模了，他們開始發展「海鷗蛋」這個品牌，把甜品點心做成海鷗蛋的形狀，裡頭包著扎實的餡料，咬下去是很有幸福的感覺的，尤其，海鷗可是呼應東北海洋城市的特色呢！

齊藤先生一再摸著那塊粗糙的老招牌，很不捨、心疼的感覺，他說：「它已經被海嘯沖走兩次了！」

「蛤？什麼時候？」我們一行人驚奇地問。

「就是一九六〇年智利大地震，還有這次三一一大地震，兩次都引發了大海嘯！」

「啊？那這個招牌這麼薄，你還找得回來喔？」我們再驚奇地問。

「是啊！多棒的感覺，代表我們是不會被擊倒的，精神永遠不死！」董事長以非常高亢振奮的語氣和手勢回答著。

三兩句，看出眼前這位頭髮已經灰白的老先生，個性非常積極與正向，他還是當地的工商會長，公司規模夠大夠老牌，人脈資源也很豐沛，所以，地震發生後他就扮演災區聖誕老公公的天使角色。

大地震發生時，齊藤先生人在岩手縣縣廳所在地盛岡市，在醫院探完病後去百貨公司，就這樣天搖地動了起來。那裡距離大船渡市一百一十公里，在一片混亂當中，他花了半天

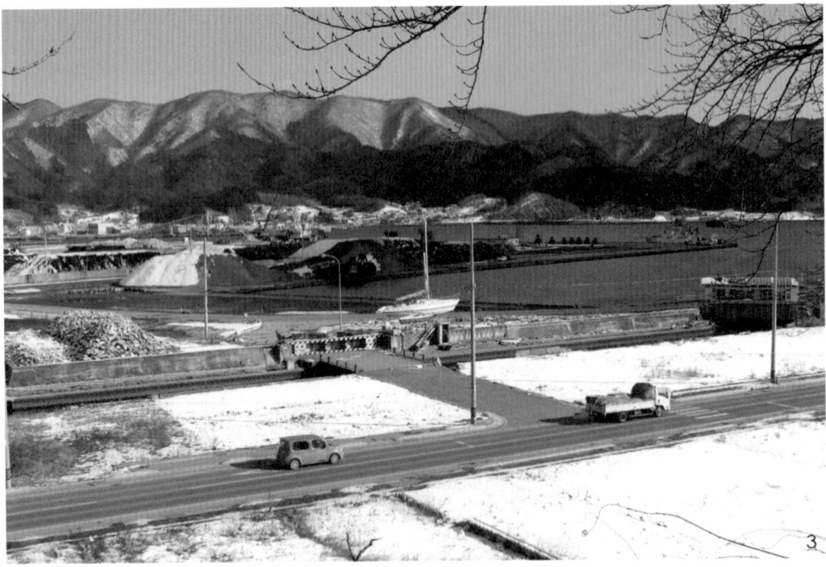

3

的時間回到家鄉，發現整座城市面目全非，位於市中心的店面早已淹沒於海嘯狂潮裡，城市靠近不了，總計有五千三百戶被沖走、四百二十人死亡、損失達一千零五十七億。後來他頂多也只能抵達避難所，這裡有多達兩萬位災民，除了收容大船渡市民之外，由於陸前高田市全毀，倖存的人民也只能到大船渡地勢較高的避難所棲身。

然而，眼前這一切日本落難的景象，實在令七旬的齊藤先生非常震撼，收容所沒水沒食物，身陷恐怖情緒的災民因為家破人亡而痛苦不堪，眼淚、哭泣、顫抖、絕望、悲憤無所不在，原本就樂觀積極的齊藤先生在想，他一定得設法做些什麼？

1 海鷗蛋擁有80年歷史，老招牌歷經兩次海嘯捲走，都還是找回來了

2 大船渡依然可見大船停泊，但多了加油標語

3 災區通常只能清出馬路、架起電線桿，但房子都不見了

於是，震後第四天，他突破交通上的困難與廢墟垃圾的阻擋，跟太太、六名員工來到位於山上的工廠找吃的。工廠在山上，幸運躲過海嘯，但因整座城市的一切基礎設備都遭破壞，工廠也就無法運作了，他趕快清點，發現庫存的海鷗蛋還有二十五萬多顆，他想，也許這個八十年的老滋味能夠帶給災民一點點暖意，於是設法找車子運下山。

但，混亂災區是加不到油的，於是，他們把工廠內所有車子的油汲出來，統一加進四台車的油箱，就這樣，載滿海鷗蛋的四台車浩浩蕩蕩地往三大避難所出發，這些海鷗蛋總價值三千萬日幣，當又冷又餓又恐慌的災民雙手接到這個寒冬中的溫暖時，大家哭成一團；平常用來送禮的高級甜品，現在反成了果腹的食物，齊藤先生說，彷彿是在地獄中看見菩薩一樣，非常感動。

「我十八歲的時候遇到智利大地震引發的海嘯，七十歲遇到這個千年一度的恐怖三一一大海嘯，這回真的讓我覺得是『世界末日』……」齊藤先生說，他外表堅強助人，但內心其實也非常恐慌害怕，不過，身為東北的大企業家，他開始在思考社會責任，第一個產生的信念就是，為了生存，他一定要活下去；然後，他要保護兩百五十位員工；而且，他必須趕快讓產業恢復運作，否則，如果沒有人做下去，大船渡市就會——「真正消失了」！

於是，這間海鷗蛋工廠在震後一個月就開始恢復生產，齊藤先生強調，產業如果不發展，那麼災區是絕對不可能重建的，他身為工商會長，更要積極帶頭衝。他說：「地震與海嘯是自然災害，尤其，它是日本東北海岸城市人民必須理解的命運，雖然災難終究還是來了，但我們絕不拋棄自己的故鄉，我們只有一條路，那就是振作起來、趕快重建！」

在他身上，我看見不離不棄、守護鄉土的信念，即使這塊殘破的土地有著輪迴般的海嘯宿命，但齊藤先生說，只要他在世，他會永遠守護這個地方，「我，不會輸給海嘯的！」

沒錯，這是他不逃避、正面迎戰的性格，就像這次這麼大的災難，他們菓子公司的員工完全沒有任何死傷，因為平常訓練最多的，就是「如何迅速避難」；也因此，這些訓練有素的員工，甚至還把整個逃難過程給拍下來，也讓世人驚見大船渡市是如何被海嘯攻陷滅頂的。

這部災難直擊的影帶，就從齊藤家族位於海邊八十米的老店鋪開始……

只見這個影像中，地震一發生，天搖地動，而且搖晃得非常厲害，所有的東西散落一地，家具相互碰撞發出嘎吱嘎吱的巨響，不只櫃檯穿制服的女員工杵在原地不知所措，辦公桌的男士也扶著桌椅完全不敢動，行動中的拍攝者大喊：「趕快逃！趕快逃！接下來會有海嘯！」

逃出室外，公司後方的河流不斷濺起水花，水中的魚兒更是拚命地跳躍想逃生，這種景象真是駭人……

然後，拍攝者爬到山坡高點了，緊接著，宛如恐怖的世界末日降臨……畫面中早已看不見陸地與馬路，巨大的海嘯湧進城市，灌進每棟房舍，大水再從窗戶噴出，水流非常湍急，且漲勢快速，一下子，二樓就不見了；影帶中一再聽見山坡上避難的人哭天搶地喊著：「天哪！停止吧！停止吧！」但似乎天地無情，海嘯如殺紅眼般的、愈衝愈兇，然後，可怕的景象登場，所有的房子開始流動，甚至，一整排的房子一起流動……天哪！流動的，不只是日式傳統的木造房舍，就連鋼筋水泥的房子也被連根拔起……這時候，山坡上避難的人們只能「啊！啊！」不斷地尖叫，已經無力可祈天了；緊接著，三層樓也滅頂了，眼前這一座城市，只剩海水與漂流的垃圾，以及遠方的那一根高聳的煙囪，滾滾汪洋下，可是一棟棟的房舍啊！多少寶貴的生命與資產，流失在這樣的巨大災難中……

拍攝的員工顯然是很盡職的，完全記錄了自家菓子店如何消失不見，這是我第一次眼睜睜地看著海嘯如何一吋吋地快速上升，然後吞噬整座海濱城市……怵目驚心地看完影帶之後，我決定回到同樣的拍攝點，來看菓子店的 before & after。

齊藤先生的菓子店歷經智利大海嘯，改建後的鋼骨結構可堅硬了，因此，建築物本體沒有被沖走，但內部完全被沖毀。我站在那個山坡高點，儘管眼前已經是過了兩年的平靜模樣，但腦海中卻不斷浮現海嘯來襲時天地同悲的景象，閉上雙眼，我只能靜心祈求上蒼，是否能悲憫渺小的人類。

1 海嘯沖毀了一切，海鷗蛋創辦人齊藤老先生的銅像仍屹立不搖

2 附近的山坡，成了海嘯緊急避難點

3 整間菓子店都被淹沒，只好在屋頂往上添加高度，才標示得到海嘯的高度

4 在山上重新開張的菓子店

天災的衝擊太大，目前依然沒有重建的跡象。

我下山走進齊藤先生的菓子店，偌大的兩棟房舍被黃色的封鎖線團團包圍住，儘管現場殘破不堪，但大門口菓子店創始者齊藤俊雄老先生的銅像卻是屹立不搖，同樣西裝筆挺、還優雅地戴著紳士帽與眼鏡，感覺就像他兒子所說的精神一樣——堅持守護這塊土地！

我徵求齊藤家族的首肯，讓我得以跨越封鎖線進到房舍裡頭，目的是要帶觀眾第一手目擊「災難現場」。結果，內部的混亂與破壞殆盡，還真不是三言兩語可以盡訴的；天花板掉下來、牆壁崩壞、玻璃碎裂、門板錯置、就連鋼筋也彎曲，家具統統不見了，誰能想像那原本是個交易熱絡的八十年菓子老店與辦公室。

一般的海嘯災難現場，建築物經常會被畫上「津波高度線」，好讓世人明白海嘯威力；但這個地方是被海嘯整個吞噬掉的，線，要如何畫呢？只見董事長在房舍的頂樓再往上立了一塊大鐵牌，上頭硬是畫了一條津波八．五米的線，讓人們去想像那種海嘯吃樓的恐怖景象。我從平地抬頭，凝視樓頂的那條津波線，想著想著，自己都有窒息嗆昏的感覺了……

原本這裡是市中心的，兩年過去了，現場依然百廢待舉，齊藤第二代在災難一個月後就立刻讓工廠復工，當然也得另尋店鋪重新開賣。果然，選擇設在比較高點的地方了，只見各式各樣的甜品點心與糕餅，在震後更展現嶄新的風貌，彷彿大破大立、災難重生。

我點了一杯熱呼呼的綠茶，用兩手捧著溫暖杯子，試圖在冷天中暖暖一再受寒的身子；看著窗明几淨外，穿著水手服的海鷗娃娃依然無邪地比著Ya的手勢，唉！人世間本是美好的，怎奈天災太無情，但奮戰精神不死，如同菓子店八十年木製的老招牌，都能在兩場海嘯浩劫中毫髮無傷的被找回來一樣，存在，就有希望！樂觀，就有明天！

奮起
笑門来福
久之浜
久之浜

三部曲
希望的力量

災難再大，只要活著就有希望。
幸好，有這樣的一群人，在困頓中仍然看見自己的幸運之處，
並決定化悲憤為力量，正面迎擊生命的挑戰與難關，
用自己的方式，成為在暗夜中點亮燈火的人！

台灣醫師父子檔堅守福島

二〇一一年十一月，日本三一一大地震發生後八個月，在再也不會影響救災情況之下，我和文字記者沛沛、攝影記者國華踏上征途，準備前往福島，一個想像中慘遭輻射塵肆虐汙染而備受煎熬的地方……

對於衝新聞現場，我總是義無反顧、還躍躍欲試，但安全問題呢？我依然是那個大剌剌的個性，我想說，當地還有那麼多人民在生活著，我就應該跟他們來個「共同體驗」吧？這樣才有「苦民所苦」的基礎，所以，我沒有帶什麼特殊裝備，只有台大醫師朋友考量我眼睛較弱，借給我他們在做輻射檢測時所戴的眼鏡；以及，我再備幾個一般口罩可戴心安的；還有，最重要的是，我跟台北醫學院公衛系、輻射權威張武修教授借了一個「輻射偵測儀」，因為要走到哪驗到哪，才可能隨時精確地告訴觀眾，當地人民到底生活在一個什麼樣的環境之下。

當時，許多曾經造訪福島的專業人員告訴我，他們去到福島，可是有整副防毒配備穿上身的，相較之下，我配備最多的，又是那個無價的「憨膽」！

秋天午後，我們飛抵東京，立刻轉搭新幹線直奔福島——Fukushima，一個從三一一之後開始全球馳名的城市名稱，從此被無情貼上輻射的印記。

拖著行囊，我頓足站在福島火車站，看著身邊熙來攘往的人們，沒有多少笑容，腳步行走也匆匆，拿起輻射偵測儀來測，一．六個微西弗，超過一般正常時的數值，卻不叫做「超標」，因為是在日本政府所規定可忍受的範圍裡。這些人何辜要在這裡長年累積輻射量？只因身家立命就在這裡，這裡是他們親愛的故鄉！

離開台灣之前，我們已連繫一位長年居住在日本福島、已歸化為日本國籍的台裔醫生娘黃春美女士，請她當嚮導，這天晚上終於可見面了。我們約在飯店對面，商場樓上一個簡單的自助餐廳裡，等沒多久，一位融合台灣與日本傳統婦女氣質的太太出現了，雖然已經六十幾歲，但願意帶著我們跟當地重要人脈接頭、也願意跟著我們衝鋒陷陣，真是個「福島超級醫生娘」。

四十七年前，黃春美跟著台大醫學院畢業的老公吳進益來到福島深造，漸漸地，老公成為當地的婦產科權威，長年積累在地人脈，後來乾脆改日本姓「吳竹」，也定居下來，她的兩子一女也都是醫生，長子吳竹昭治甚至青出於藍甚於藍，成了不孕症的權威，據說日本皇室雅子妃當年肚皮沒動靜時，也曾來此求醫。

這樣的權威醫師家族，其實是最有能力可以離開福島的，但他們卻選擇留下來，究竟為什麼？我決定隔天趕快去拜訪這對台灣醫師父子檔。

父親吳進益開了一間婦產科診所，為了不打擾其他病患，我們選擇在診所準備打烊的時候抵達，果真，只看到吳醫師一個人在診所等候著我們。穿著專業白袍的他，看起來非常慈祥，舉止態度更是平易近人，對於有台灣人遠道來訪，非常歡迎。

他先帶我參觀整個診所，一陣寒暄之後，我立刻切入主題：「吳醫師，核災前後，你的診所最主要的變化是什麼？」

「喔，就是病患人數很明顯的只剩下一半！」吳醫師不假思索地回答著。

「少掉的人呢？」

「有能力的人就離開福島了呀！幹嘛在這裡曬輻射呢？」他說。

「那你也是有能力的人啊？為什麼還留守在福島？」

「那不一樣，我是醫生，本分就是懸壺濟世，災民的健康才是福島接下來的大問題，他們很需要醫生；這些日子以來，我一直在做診療，而且還到福島市立醫院做夜間診療，不管發生什麼情況，我都要去，這是我的使命，不能逃避！而且，留下來的人民其實在社經地位上是相對比較弱勢的，他們更需要醫生！」

只見吳醫師講得慷慨激昂，也道出醫師的天職，沒錯，災區是更需要醫生的，吳醫師也早就把福島當成人生的第二故鄉，將近半世紀的歲月都在這裡落地生根了，現在的他，更想要回饋這塊孕育他醫學權威的土地。

接下來，在吳醫師的帶領之下，我們前往福島市鬧區的一棟大樓，去拜訪他的兒子，全日本有名的不孕症權威醫師吳竹昭治。

這樣的醫院診所隱身在大樓內，不但不像一般診所位於一、二樓，相反地，它隱身在十幾層樓，從大樓外觀上，根本看不到招牌！但愈是這樣，就愈可看出這個不孕症醫院的名聞遐邇，不需要招牌，病患自己會設法找上門！

乾淨明亮的不孕症醫院看起來相當舒適，我們同樣等病患離去後才進門，只見牆上掛著成績單電子板，上頭寫著「成功受孕的累積人數一千兩百四十九人，體外受精懷孕四百五十三人」，果真成果斐然。老父親對兒子的成就顯得與有榮焉，趕緊帶我到處參

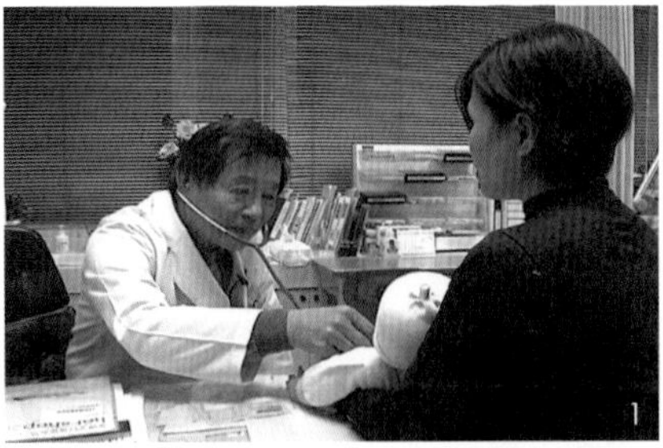

1 台大醫學系畢業的婦產科醫師吳進益決定留在福島，他說這裡最需要醫生，病患在災後只剩一半

2 好不容易看到孩童短暫外出，在福島市區卻還是測得一個微西弗左右的輻射量

觀，他還偷偷打開實驗室的門縫，輕聲告訴我：「裡頭有很多的冷凍胚胎喔，日後就是一個一個小孩了。」

醫生爸爸很好客，但專治不孕症的醫生兒子就顯得沉默寡言了，他在日本土生土長，操著一口流利的日語，也跟家人講台語，但對於我們所謂的國語就很陌生了。講台語，我很在行啊，但他看見是媒體又不願入鏡了，這位日本名醫還真是低調，只能從當地報紙對他的報導窺知一二了。但無論如何，這位台裔名醫也是選擇留在福島，絲毫沒有閃過「離開」的念頭，對他來說，福島這塊土地，恐怕是比父母那一輩更感受到是自己的故鄉了。

台灣去的吳竹醫生世家，等於是堅守福島，持續為孕育日本的下一代而努力，儘管很多想懷孕或正在懷孕的婦女迫於為下一代的健康成長選擇遠走他鄉，但有更多相對弱勢的人需要醫生，他們父子倆也就更肩負起使命留在福島。醫生娘身為三個孩子的母親，對於幼兒環境是更憂心的。

「雅琳，妳知道嗎？福島在核災後，最大的改變就是，孩子的笑聲變少了！」她難過地說著。

「為什麼？」

「雖然福島市距離核電廠六十公里，但戶外環境依然有輻射塵，家長不希望孩子太暴露在外，不讓他們出門，頂多必要時得待在戶外，時間也不能太久，很自然地，在外嬉戲的小朋友少了，笑聲也變少了，更何況，『到戶外』變成是一件有風險的事呢！」

聽到這裡，內心滿是心疼，當外出變成是一種風險的時候，這樣的環境也真的太不友善了，但兩百多萬居民又能如何呢？畢竟是這個國家機器選擇使用核電的，卻無能讓核電不危及人民的生存！

那天白天，我難過地親身走到戶外，讓自己曝曬在這個不友善的環境中。低頭踱步在樹影婆娑的人行道上，陽光還是公平地灑向大地，但我周遭的空氣卻已經是個慢性殺手，而且恐怖的是，渺小的人類是無法透過知覺感受到這個活生生的殺手的。

突然間，耳邊傳來孩童的嬉戲聲，這種純真的聲音立刻阻斷我不斷陷入絕望的灰色思緒，抬頭一看，旁邊不就是小學嗎？透過鐵欄杆圍牆，我看見一群穿著深紅色運動服的孩童，快樂地玩單槓，轉上轉下的，充滿活力。沒錯，小朋友是需要活動筋骨的，老師在下課時間還是讓孩童出來「透透氣」了，雖然這個「氣」是危險的。

看著他們的生龍活虎，在內心無比矛盾的情境之下，我還是伸手進到包包，拿出那個輻射偵測儀。多麼希望現場是安全的，但很不幸，我才一打開電源，它就已經逼逼叫了，指數寫著「一．一二」個微西弗，超標了，偵測儀會叫，就已經是危險等級了。

真的很無奈，這是核電災難所帶來的無可挽救的長久傷害，果真，三一一兩週年的時候，福島陸續出現兒童罹患甲狀腺問題，這真是一場大浩劫，而且，持續上演著……

可以回家的日子何時來臨？

天亮之後，我們前往海邊重災區南相馬市，這裡集結了地震、海嘯與核災三大災難的衝擊，是三一一大災難當中最為悲慘的一塊煉獄之地。海嘯一來，臨海的房舍有一千八百多戶被沖毀，接著核災再來，福島核電廠方圓二十公里的地方就再也不能住人了，慘遭輻射覆蓋的居民被迫遠離家園。

我造訪南相馬的市公所，這裡沒納入撤離範圍，但大災難讓所有公所人員在救災復原工程上顯得疲於奔命，公所門口掛著一面大大的日本國旗，來自世界各地關心核災的人在這塊布上頭寫下祝福語句，我也簽上一筆，為他們加油打氣。

在當地消防團義消的帶領之下，我驅車往海邊前進，這是我人生第一次踏上海嘯蹂躪之地，內心顯得無比悸動。

首先，映入眼簾的，是海嘯掃過的一無所有，我揪著心，駐足在海邊的荒煙蔓草裡，這裡曾經有過的社區聚落再也不著痕跡，只剩怪手來來回回地清理垃圾；當然，這裡所講的垃圾，全都曾經是每家每戶寶貴的資產，但海嘯將一切破壞殆盡後，資產也成垃圾。八個月了，怪手還在做垃圾分類，屋瓦一堆、榻榻米一堆、木材一堆、水泥牆一堆，那麼，人呢？不幸地淪為波臣；倖存下來的，也只能窩身組合屋。

我走到距離海邊兩公里的地方，這裡才能看見有房子的廢墟存在，只見原町區一個老人養護中心全毀，房間外依稀還掛著老人家的名牌，但當地人說，這裡有三十五位老人家不幸罹難，我合十默哀著，也看著牆壁上海嘯的殘漬，在水泥牆上烙印出一條清楚而不規則的津波高度，那已經是我身長的兩倍半高，想像著，波濤洶湧下有無數的生命在垂死掙扎，整個人不禁不寒而慄。從窗邊僅存的殘碎玻璃望向戶外，一整排被壓扁變

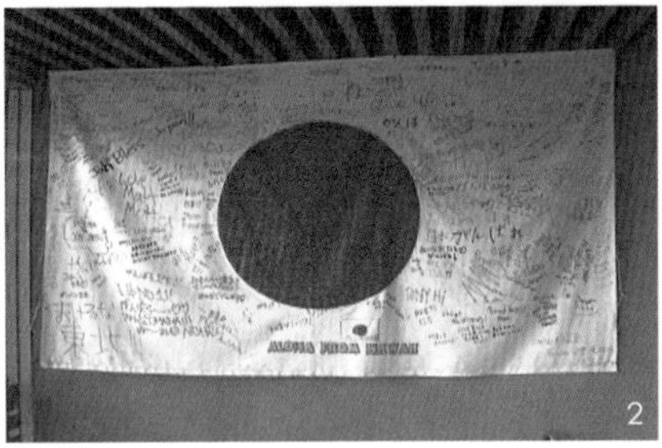

1 距海邊兩公里外的老人養護中心被海嘯沖毀，35名老人罹難

2 南相馬市公所前的日本國旗，寫滿加油打氣的祝福語

型的汽車被棄置在那裡，鋼鐵做的都成這般，肉做的人體呢？實在難以想像。

帶我來的消防團義消告訴我，災後他們與自衛隊、警察一起救人，花了五十天的時間都在「找人」，不敢奢求有活口，只寄盼能找到全屍；由於大水把人體帶向任何可能的空間裡，於是，他們每個洞都去鑽，希望起碼能為人民找到親愛的家人；也由於看了太多的屍體，義消團副團長長澤初男先生說，他手上戴的佛珠愈來愈多，而且，自己的容貌災前災後已經不一樣了，因為他實在擺卻不了驚悚憂鬱的情緒，整個人糾結起來。但他說他還是幸運的，因為自己活下來了，只是無法忘卻大災難對人類的恐怖傷害。

我細細看著他那個所謂「已經不一樣的容顏」，沒錯，皺紋好深，在他這個四十多歲的年紀來說，似乎真的承載太多的憂愁，他是一家公司的老闆，西裝筆挺下的高帥氣質卻再也不見歡樂的笑容。

旁邊，另一位義消佐藤光孝是個農夫，他也告訴我，在親手拉出那麼多的屍首之後，他的人生願望只剩下：「災難不要再來！」而且，他好希望能回到自己的家園，但核災帶走一切，他不知道那個「可以回家的日子」會在什麼時候實現？唉！連「回家」都是一種奢求，歷經大浩劫之後，大家的願望是變小了？還是變回最基本的實際生存權了呢？

整個南相馬市顯得百廢待舉，這個有七萬多人口的城市，距離核電廠剛好二十公里多一點點，二十公里內的都撤走了，他們僅一線之隔，難道就成了輻射安全區域嗎？當然不是，只是，面對人類所製造出來的核電廠，發生核災後，也必須人為訂出一個數值來作為撤離行動的依據。

這真的很諷刺，二十公里就只是一條線的概念，線的兩旁，一邊得撤，另一邊不用撤，而只是被要求盡量留在室內。我想像著，我剛好在二十公里線外，而我的鄰居們都在二十公里線內，於是，大家都撤走了，剩下我孤伶伶地獨自與輻射奮戰，只因為我在二十公里外一點點，這合理嗎？南相馬市有點類似這樣的處境，難怪櫻井市長（Katsunobu Sakurai）在接受英國BBC訪問時說，日本政府已經忘了他們，完全不告訴他們核電廠目前的情況，「我們被孤立了，他們就把我們留在這裡等死」，真是情何以堪。

另一個撤離的標準就是輻射值超過「二」，也是人為訂出來的。日本政府真的無力把所有超過一點點正常標準的地方都撤離，只好訂出一個標準，叫做「二」，輻射值超過「二」個微西弗的就得撤，我一直覺得這個「人訂的標準」太諷刺了，因為「二」得撤，那麼「一．九」的呢？就是安全的嗎？跟上述那個二十公里與二十．一公里的道理是一樣的。

逃亡率九十一%的核災小學

發生核災，最該關心的是還在發育的小朋友到底面臨什麼樣的成長處境？我們來到距離福島核電廠二十公里、卻在撤離線外的大甕小學校。

首先看到的，就是光禿禿的操場，上頭一根草都沒有，原來，每根草上頭都覆蓋了輻射塵，校方無力對抗核災這樣的撲天蓋地，也只能盡可能做刨除的工作；他們花了兩個月的時間，把操場從地表開始，大面積的挖掉深五公分的厚度，但挖起來的輻射塵土也無處可放，所以把它們深埋在地底五公尺的地下，綠色校園頓時變成黃土一片。

校園中同樣佇立著輻射偵測儀，這是成長中的小朋友求學的環境，真的很諷刺！

對！小朋友才是主角，我急著去看看他們。

踏進教學大樓，只見一整排起碼數十格的鞋櫃，只剩三、四格有鞋子，其他格空蕩蕩的，顯得令人神傷。校長平成勝成來迎接我們，他說，大甕小學校原本有兩百零四位學生，核災後只剩七十九人，但真正死於海嘯的只有五人，等於核災的「逃亡率」高達六〇%，有能力的爸爸媽媽帶著孩子走了，留下來的都是沒有能力離開的，只能設法與輻射的環境搏鬥！學校規定，孩子必須穿長袖長褲，每天暴露在外的時間加總不得超過兩小時，人類賴以生存的大自然怎麼變成不得親近的魔域呢？

我走向一年級的教室，隔著玻璃望進去，又是另一幅冷清悲涼的景象，這一班原本有三十三位小朋友，現在只剩三個人，「核災逃亡率」更高，達到九一％，年紀愈小，父母就更為擔憂。

我看著那三個「僅剩」的小朋友，偌大教室就擺三張桌子，小朋友臉上依然天真無邪地堆著笑容，甚至有一個小男生，他鼓鼓的臉龐還因天冷而出現紅蘋果暈，調皮地在

1 操場刨除掉五公分，充滿核輻射的塵土無處可去，只能再深挖五米埋進去

2 大甕小學，一年級這班原有33名小朋友，現在只剩3個

僅剩三張的課桌椅間跑來跑去，外表絲毫看不出有核災的陰影，但其實，同學玩伴已經走掉九成，這種失落可以想像。台上的女老師依然認真教學，沒有因為只有三個學生就馬虎，這是核災區所見的使命感！

看似風光明媚的輻射死城

我們驅車前往山上一個數值超過二，已經撤離的空城——飯館村。它距離核電廠還有四十公里，為什麼全村都得撤？主要是因為當時福島核電廠爆炸的時候，剛好吹東南風，大量的輻射塵就隨著風勢飄向西北方，正中山上的飯館村。這個村曾經當選二〇一〇年全日本最漂亮的村莊之一，但現在，一切都枉然。

飯館村，是我人生對核災的一個全新體驗，太震撼了！

那天，我們車子駛進這個牛奶與畜牧之城，映入眼簾的，是一片風光明媚、山上樹影楓紅層疊，隨著微風不斷地搖曳生姿，多重不同顏色的植物生態讓它交織出一幅美麗的景致。

我下車，先是讚嘆如此自然美景與具有特色的建築，第二秒立刻驚覺，天哪！這是一個死城，人煙罕至、居民逃散、動物滅絕、再也沒有人車經過……這一刻，讓我豎直寒毛，因為，這是一個美麗依舊的村莊，卻再也不能住人，眼前的畫面超級諷刺的！

攝影記者國華眼見這一切，顯然他也震懾住了，他走向六線道的馬路上，站在路中間，感受那種人在馬路卻完全不怕有車子威脅的體驗，接著，他索性躺下來了，真的，就躺在馬路中間，四肢成大字型完全張開、眼睛閉著，他在想，我躺在大馬路上，但再也不會有車把我壓過去，安全嗎？錯！空氣就是極盡的危險。

這就是核災城市，一個需要逃命、不能再住人的美麗城市。

但其實，真正來到核災城市，你最大的體驗是，我們已經曝曬在高劑量的輻射塵裡，可是卻完全沒有知覺，因為，它無色、無味、無形，若沒人告訴你這裡有輻射，你是完全無感的。這就是它可怕的地方，摧殘人類身體於無形之中，根本就是一個隱形沉默的殺手！

公所前面，新立了一個電子告示牌，那是唯一你可以知道原來這是一個輻射村的來源；我走過去端詳，上面顯示著「二．三九」個微西弗，沒錯，一再超過日本政府所訂出不能再住人、必須撤離的標準，而我們就這樣毫無防備地曝身在這麼高的輻射塵裡。

「我們需要把口罩戴上嗎？這是我們僅有的、聊表心安的『配備』。」我問超級醫生娘。

「這樣好了，我們已經約了公所的人來訪問，到時候看他有沒有戴口罩，他有戴，我們再戴，這樣禮貌點，免得讓對方覺得有被歧視感。」她說。

嗯，我也深有同感。公所人員驅車前來了，他一下車，也是毫無特殊裝備，好，我們也立刻以同樣的態度走過去相認致意，然後開始了解飯館村這一切的核災悲劇。

他引領我們進到空蕩蕩的偌大公所裡，一樓觸目所及的，就是你我所熟悉的各種人民可洽辦事務的櫃檯，戶口、交通、稅務等等，此時此刻，你只能想像著，過去有著幸福樂活的人們在這裡忙進忙出。緊接著，我看到大廳旁類似玄關處的牆壁上，掛著好幾張的大照片，那是記錄飯館村過去生活的種種，笑開懷的人民臉上堆滿璀璨的歡顏、捧著結實纍纍的果子、養著健康肥美的乳牛、各式各樣的農產節慶看出當地的富足與喜樂，可是，核災一來，這一切都只待成追憶了，完全風雲變色！人們帶著健康的疑慮被迫撤離、豢養的牛羊豬隻全得撲殺、農田無法再種植而荒廢，這塊土地廢了嗎？人們何

1 風景如畫的飯館村，曾入選日本前十大最漂亮村莊

2 攝影師震撼到躺在大馬路上，強調沒有車子會經過這個輻射死城

時能再回到這個珍愛的家園呢？沒有人有答案。

由於這個地方原本居住環境非常優良，所以飯館村裡頭有一個公立的養老院，裡頭照顧很多重症、幾乎癱瘓的類植物人病患，我很驚訝的是，這個地方還有人！

飯館村原有七千多人，全部撤離後，剩下十三人，但他們全是這個養老院裡頭無法自主行動的重病老人，養老院院長三瓶正美依然每天西裝筆挺來上班，滿頭花白的他說，不是不願撤，而是經過評估後，有十多位重症老人如果移動加上環境變化的話會有生命危險，所以只能留在原地，但他們都待在室內，相對比較安全。好，既然有毫無生活能力的植物人老人家還在核災區，那就必須有人來上班，誰要肝膽相照呢？結果是巡守隊的義工，他們的工作可多了，除了照顧老人家之外，還得當苦力，必須從外地搬很多民生物資，因為沒有廠商願意送貨到飯館村，他們只好自力救濟。

一切顯得非常的克難，官員說，如果輻射值超過「三」微西弗的話，也必須強制撤離那些植物人老人家了。生命的價值，在這種關卡顯得擺盪，擺過來擺過去，都無法安全地存在。

不知不覺中，我的身體已經不知道承載多少輻射塵了，但我對這個美麗如昔卻再也不能住人的村落卻顯得依依不捨，不捨的是，這塊原本有著肥沃土壤與頂尖水質的地方就這樣一夕變色，人類賴以維生的農產在這裡已經無法繼續了，日本水產廳後來曾經檢測魚類的銫含量，結果淡水魚最高值就出現在飯館村，是在新田川捕獲的櫻鱒，每千克含一萬八千七百貝克，相當於正常值的一萬八千七百倍，這樣的環境浩劫，恐怕永遠都回不去了……

告別飯館村，我帶著非常沉重的心情離開，坐在車內，我靜靜望著車外這一切景色；維持好一段時間，工作人員彼此之間都沉默無語，我想，飯館村對大家來說都是個震撼教育！

曝曬於輻射值九百多倍的山林間

天快黑了，我們驅車要回到輻射值相對安全的地方，也就是福島縣裡的福島市，距離核電廠六十公里，但卻得繞很多山路才到得了這個人口三十萬的城市。

蜿蜒的山間道路上，我用空洞的眼神看著滿山遍野的樹林，一再回溯著當天內心巨大的衝擊，核輻射，看不見、摸不著、嗅不到，彷彿不存在似的，卻著實恐怖地吞噬人類的健康與生命，甚至，這大地萬物無一倖免，那人類何苦要發展這種沒有解藥的能源呢？

想著想著，沒多久，從車窗玻璃看見的，變成是自己的影像，天真的黑了，我把頭抬向前方，望見眼前一片漆黑，這條山路是沒有路燈的，僅靠我們車子的兩個頭燈孤寂地照著。

突然之間，我遠遠望見前方對向來的車子怪怪的，他沒有開在自己的車道上，旅居日本的台籍司機當然也看見了。

「小心，那輛車好像會撞過來耶，他怎麼了？」我繃緊神經地講著，全車的人也跟著我一起往前看。

「不知道耶！到底怎麼了？」司機一邊納悶，一邊不知怎麼閃，因為閃右邊會撞山壁、閃左邊會衝下山谷，天哪！死路一條得對撞嗎？

「大家小心！」司機尖聲一叫，我們車上所有人全都扶好，準備撞車，「碰」！最後司機選擇以小巴的左前角去撞擊，兩輛車停下來了。

司機和帶領我們的《福島民報》的人員立刻下車察看，攝影記者國華也跟著下車，還好對方沒事，他用日文一再地說：「抱歉抱歉，我睡著了！」原來如此。

我們三個女生留在車內，等待男士們去做車禍的處理，等待的過程，我突然自言自語講這麼一句：「真是屋漏偏逢連夜雨，我身處日本核輻射最嚴重區域，卻又因為發生車禍而停了下來。」

這時候，超級醫生娘說：「對喔，雅琳，你怎麼不測測這裡的輻射值？」

「喔！好啊！」我立刻轉身，從包包裡拿出原本是關著的偵測儀。

Power 鍵才一打開，「逼逼逼逼逼逼——」天哪！車子裡也算某種程度的室內啊，怎麼指數會飆到三以上，我的天哪！早已超越整個撤城的飯館村了。

我這位熱愛衝現場的新聞工作者，跟常人不一樣的是，沒有因為這個數值嚇到要設法趕快逃離現場，反而腎上腺素激增，說：「啥米?車子內就已經三點多個微西弗，那車子外呢？」於是，二話不說，我立刻拉開車門，毫無任何防備地走下車，拿著偵測儀到處測，結果嚇死人，數值一路飆升，「4.2、5.7、6.9、7.5、8.8、9.7……」

「我的媽啊！」這四個字是跟著我下車的文字記者沛沛從我背後所發出的驚嘆。我呢，內心很激動，心想，新聞點來了，俠女記者只想告訴觀眾，你看，這不被照顧的原始山林，已經無所不在地披上輻射大衣了，輻射塵就這樣飄滿整個山林，樹葉、樹枝、樹幹，它們的表面積有多大，就乘載多少輻射塵，尤其有水的地方，輻射值更高。

這豈不是陷森林於萬劫不復的境地嗎？因為在城市裡，人們還可以設法刨除汙染，但這滿山遍野的山林呢？根本不可能做任何刨除的工作，這根本是mission imposible，不可能的任務，原本應該是「大地之肺」的山林，呼吸的卻是髒東西，且不知盡頭在何處……

氣溫好低，我蜷縮著身子、拿起麥克風，開始透過鏡頭跟觀眾講述這一片遭輻射嚴重汙染的山林，我也直接曝露在九點多個微西弗的環境裡，等於是承載一般正常值的九百多倍，但，心中卻毫無畏懼，只想告訴觀眾眼前這不爭的事實與真相。

冷風刺骨中，我們繼續在這樣的高輻射環境下等待日本警察的到來，漆黑的山林顯得分外寂靜。

警察來了，開始丈量並且做筆錄，然後他們拿起輻射對照表說，這個地方就是日本高輻射處，要我們趕緊離開，因為對人體來說太危險了；但車子不能動怎麼辦？日本警察幫忙叫了計程車從山下趕上來，這，又是一陣等待。

我不知道在這車禍前前後後的一個多小時等待，曝露在輻射值九點多個微西弗底下，到底對人體有多少傷害？因為它不是能立刻知道的，但想必我一整年照X光的額度早就用光。

攝影記者國華說，他回國之後半年的健檢顯示甲狀腺出了問題，但誰都無法證實到底這兩者之間有多少關聯，只知他去福島之前是沒有這個甲狀腺問題的。福島核災後，日本兒童也陸續傳出甲狀腺指數異常的情況，核輻射這個隱形殺手果真來勢洶洶。

計程車終於來了，我快步向前，一夥人搭著車離開，回頭望向車禍地點，警察必

1

2

1 隨便一測輻射值，高達9.42微西弗，破表！這廣大的山林都是如此，怎麼清呢？

2 警察來做筆錄，拿著輻射值地域表告訴我，這裡非常危險

須繼續處理，這些人民保母也真的莫可奈何。黑暗中，我們駛離核災區的車禍現場，心頭嘀咕著，我到底承載多少輻射呢？我不知道，但我沒有著急緊張過，反倒惦記著這裡的居民；畢竟，在福島，我只是待幾天的過客，但福島那些無辜的人民呢？從此得跟輻射長期共存，而且恐怖的是，不知自己土生土長的環境何時有乾淨的一天，「未知」與「沒有未來感」才是更深沉的恐慌……

這麼危險且無能回復環境的能源，為什麼人類要使用？到了災區，你就會有深刻的體會與疑惑。

被質疑身上會釋放輻射的扶桑花女孩

二〇一三年一月，為了三一一災難兩週年的報導，我再次進入福島。兩年了，災民是否收拾起眼淚？這是我此次關心的重點，所以在這之前兩個月，我特地專程飛了一趟東京，跟當地的媒體、政府與公關人員做了詳盡的討論，希望找到一些可以振奮人心的重生故事。

再次抵達福島後，我在一場新年聚會上，遇到了來自核災區的扶桑花女孩。

這場新年聚會，是一位來自核災淨空區富岡町、桂建設公司老闆渡邊正義舉辦的，他六十一歲，一場核災讓他人生歸零，因為他的住家和公司距離福島核電廠只有短短十二公里，使得這個原本擁有一萬多人的小鎮，人民再也回不去了。過去，美麗的櫻花隧道曾是這裡的驕傲，但現在卻籠罩著洗刷不掉的輻射塵，成了死城。

第一年的時候，所有災民都陷在萬般沮喪與絕望的情緒當中，這位表情看起來頗為堅毅的老闆社長，不忍再繼續看見員工們四處飄零而惶惶度日，決定咬緊牙關，去跟銀行貸款，覓地重新啟動事業，好讓員工不致全部失業。

1 福島人被迫遠離家園，新年聚會請來同是天涯淪落人的扶桑花女孩表演

2 核災下，扶桑花女孩流浪異地，彼此照應

3 被懷疑身上會釋放輻射的她們，熱情的擁抱，成了我展現力挺的行動

二〇一三年的新年到了，社長特地在磐城的華盛頓飯店舉辦新年會，除了宴請員工慰勞工作辛勞之外，也讓員工們攜家帶眷到飯店進行一場大團圓餐會。現場，我看見許多小朋友跑來跑去，甚至媽媽懷中抱著剛出生的襁褓嬰兒，光是這種畫面就讓我感動不已，就算災難再大，只要活著就有希望，而且，人類的生命得以繼續延續……

渡邊社長跟我說，現在的他非常痛恨核電，他不希望這種無情的災難再在這個世界發生，言談中還講到咬牙切齒，儼然已經成為反核尖兵；他為這場新年會安排許多表演節目，邀請的也是來自核災區的表演團體，其中壓軸的正是扶桑花女孩。

現場，夏威夷浪漫音樂響起，一整排穿著清涼比基尼、搭配蓬蓬草裙、頭綁璀璨花飾的扶桑花女孩閃閃亮亮地舞動進場，雖然也是災民，但每個女孩臉上都專業地擺出燦爛的笑容，柔情眼光更是親切地飄向在場的每位賓客，大夥兒隨著音樂嫵媚地擺動身軀，立刻吸引全場的目光。

「阿羅哈！」團長老師 Ayumi 純熟地向所有的賓客問好，扶桑花女孩一連表演好多支舞碼，現場鎂光燈此起彼落的。我靜靜地站在舞台邊看著她們，從無限曼妙的舞姿身影裡，又憶起了自己在二〇〇六年看電影《扶桑花女孩》時從頭哭到尾的場景。這個真實故事描寫的背景是在西元一九六五年，日本福島縣常磐以煤礦維生的小鎮逐漸沒落，鎮長打算興建「夏威夷度假中心」來拯救小鎮的失業危機，於是度假中心負責人特地從東京聘請一位舞蹈老師到磐城教礦工女兒練習草群舞，因穿著暴露，而且當地居民又難以適應傳統礦產業要變成休閒旅遊事業，於是大力阻撓，但每位女孩都還是奮力向上，最後終於突破困難，讓全鎮人都以她們為榮的故事，導演在許多情節的安排上都非常催淚，導致很多觀眾觀影時一包面紙都不夠用，我也是其中一個。

這回親眼目睹真實世界中的女主角，流的，卻是另一種眼淚……

我特地等她們表演結束，想來段深度專訪，Ayumi老師從她二十二歲時就開始在電影中那個夏威夷度假中心跳了十四年的舞，之後自己也開設大溪地草裙舞教室。三一一的大災難，不僅夏威夷度假中心受到重創，她的舞蹈教室也毀了，學生們也因為受災無法在當地繼續跳舞。雖然遭遇悲慘，但面對觀眾時，這些總是帶著笑容的女孩依然非常熱情，不過要進到她們的內心世界並不容易；我以多年的採訪技巧，鑽進她們的心窩，終於讓大家真情流露。這個觸動點，就是核災的被歧視感！

這群扶桑花女孩的舞蹈教室是在雙葉町，正是日本福島第一核電廠所在地，這裡在核災爆發後完全撤空，女孩們只好四處流浪。遠離家園的愁雲慘霧曾深深籠罩她們的靈魂，後來她們想到，何不化這股悲傷為振奮的力量，就到處表演撫慰災民呢？於是，她們開始巡迴表演，想說從北海道表演到沖繩，靠僅僅剩下卻又真實存在的「表演」讓自己勇敢活下去，沒想到，一走出福島，就是被歧視的開始。

「妳們的身上會放出輻射喔！請妳們離開！」Ayumi老師講到這裡，不禁顫抖起來，斗大的淚珠爬滿臉龐，我立刻給她一個完全貼身的緊緊擁抱，用我的體溫跟她冰寒受創的心靈零距離地貼近，這時候，不須多言，擁抱是最真實的力挺！

在老師後方的扶桑花女孩們，全都哭成淚人兒，我也請大家彼此擁抱打氣，這個剎那，我深深體會到，「來自福島」已成為無可翻身的負面標籤，「福島人」被嚴重地歧視，人民何其無辜？只因為政府選擇核電，災害來時卻顯然超越人類所能處理的能力，遭殃的、蒙受苦難的，卻是無可抗力的百姓！

Ayumi 老師面對這個殘酷的現實，真是無語問蒼天，核輻射變成背負在她們身上的原罪，甩也甩不掉，但前方的路也只能勇敢地走下去，而且，要設法扭轉，她們帶著福島經過核輻射檢測是安全的蔬菜，在每個活動場合上親自吃給大家看。後來，二〇一一年六月，當她們到九州熊本縣的時候，當地的義工團幫她們創造一個扭轉民眾對核災錯誤印象的機會，一下飛機，所有人熱烈地衝向前歡迎擁抱她們，直到這一刻，扶桑花女孩才終於笑了，同時也哭到不行！真的，大災難更考驗人性，人跟人之間真的需要彼此打氣，這個熱烈的場面讓她們堅定地決定跳下去，用正向的態度面對災難，Ayumi 老師說：「只要還能擺動腰腿，她們就會繼續跳下去，向全世界傳達福島的元氣，畢竟，她們跟這塊土地是分不開的！」

種出日本最甜蘋果，卻很自卑的福島農

核災的輻射塵早已到處飄散到福島的每個角落；身體會釋放輻射的歧視現象，演變成福島人內心無止盡的自卑……

我一向非常關心農業，因為這是人類賴以維生的根本，這回再度走訪核災區，早就設定要再多接觸農民。今天要拜訪的是蘋果農！

一月，天寒地凍的清晨，我來到福島縣伊達市的一處農場，路旁冰雪堆得幾呎高，已經穿了皮靴的我還是不停地打哆嗦，上下排牙齒持續地顫抖觸擊，為了展現禮貌，我抿緊雙唇，準備拜訪這位種出全日本甜度最高的福島蘋果農——五十五歲的赤井久好。

「阿卡伊桑，口尼吉瓦！」再怎麼寒冷，我還是擺出台灣人的熱情，赤井先生也熱情招呼，還好他請我坐在他的暖炕裡，雙腿蓋上棉被，總算驅逐一點寒意了。他馬上拿出一本本的相簿，向我訴說著他這輩子最得意的事，就是他的模範果園與農田，十五年來都是小朋友戶外教學的指定地，照片裡，總是全身穿著藍衣工作服的他不斷講解、還帶小朋友體驗農耕，看起來真的很滿足，但是，這個他人生最滿足的事，卻完全被一場

核災毀滅。

這場規模九．〇的大地震發生時，赤井先生剛好在蘋果園剪枝，大地的劇烈搖晃讓蘋果樹枝彼此之間打得咯咯作響，連他都得扶住樹幹才得以站穩，好不容易等到不搖了，才驚魂甫定。

原本以為沒事了，但這個擁有將近七萬人口的城市在福島核電廠西北方，其實是核電廠氫爆後風向飄至處，赤井並沒有任何核災資訊，每天還是照常外出，直到媒體報導這個城市已飄灑輻射塵才開始緊張，他說他原本以為核電廠是有「安全神話」的，因為是日本政府這樣教導他們的，但此時此刻，他腦中也立刻浮現車諾比核災的驚悚，意識到自己的農產品一定沒人敢吃了，人生至此才開始去學習什麼叫做「輻射」；他跑到福島中央青果市場去看，發現就連福島當地人都不買福島農產了，開始覺得事態嚴重，他說怎麼樣也沒想到，印象中距離好遠的車諾比事件會在自己身上赤裸裸發生。接下來的日子，他被規定不能再耕作、農產品也不准賣，面臨的是一場抗輻射大作戰！

我在果園裡發現，一棵棵的蘋果樹都包上某種特殊的布，看起來爛爛的，赤井告訴我，那是大學教授教他們幫果樹裹上這種可以吸收輻射的布，尤其在樹幹與樹枝轉角處可能沉積的輻射塵最多，更需要包覆；果樹不知清洗幾回了，一切的作為都希望「還有未來」，但小朋友被規定不能戶外教學了，這完全剝奪赤井先生的生命樂趣，實在很無奈！他說當下的農損大概八百萬日幣，但他強調，人生最大的損失，其實是內心的不安，因為他自己身上也測得輻射值的累積，生命其實是飽受威脅的，人的生存權一下子變得如此脆弱！

好不容易撐到二〇一二年十月輻射值降低後，赤井先生才能開始耕作，但他的蘋果就是賣不出去，已經降到只剩三分之一的價格了，依然乏人問津。記得嗎？赤井先生種出的蘋果可是全日本最甜的，過去都賣給香港金字塔頂端客戶，但現在，什麼都不是，當地的農會為了幫助農民，只好帶他們到泰國去低價促銷。

我看著赤井先生再也歡愉不起來的臉，我跟他說：「赤井先生，你的蘋果還是全日本最甜的啊！我們來錄一段甜度測試的過程，實際讓觀眾了解，那等我講完話，我最後講『一級棒』，你再幫忙接一句『日本第一甜的蘋果』，好嗎？」

只見赤井有點不好意思，但半推半就之間，我們開始錄了！

「我們現在要來做蘋果的甜度測試，來，我們先切一角，把這個蘋果一角按在檢測表板上，接著把汁擠出來，哇！滋滋作響的，汁真的很多耶！然後看一下指數，哇！這個甜度有十七．五耶，青森蘋果的甜度也不過十四就已經世界馳名了，而我們一般吃的蘋果甜度大概十二，所以福島蘋果的甜度很高耶！一級棒！……」

我立刻轉頭看著赤井，希望他趕快接話，錄下最後一句……結果，他……講不出來，NG！唉！沒關係，我很有耐心，再來一次，但因為是一鏡到底，我又得從頭講起，也要再削新的蘋果，結果，講到最後一句，他又講不出來了。

光是這一段錄影，赤井一再一再地NG；我納悶著，不就一句話麼，怎麼他老講不出來？我請攝影先把鏡頭卸下，想說跟赤井再好好磨一下感情，希望能理解他怎麼了，結果他低下頭、輕聲地說：「我來自福島耶，我怎麼好意思講，我的蘋果是最棒的?!」剎那之間，我的心揪住了，我好想給這位歐吉桑一個溫暖的擁抱，但他是男的，日本又很重禮儀，我怕他會嚇到，於是我請翻譯告訴他：「不管你是不是福島人，你的蘋果還是最甜的啊！更何況你的蘋果已經通過輻射檢測是沒問題的，講它甜度一級棒，並沒有錯啊！」

這時的我，反而像是在安慰小朋友受傷的心靈一般，循循善誘著，但明明眼前是一位已經當阿公的成年歐吉桑。

我的心在淌血，人不是應該生而平等的嗎？為什麼現在福島人就要這麼卑微？這麼沒自信？這麼受打擊？連自己真的是最好的也不敢講？核災帶來的無形傷害，在此時此刻，分外清晰……

經過不斷地安撫與鼓勵之後，赤井終於帶著微笑錄下最後一句話，但看得出來，他還是不太好意思。

把他的蘋果切開，可以看到一圈一圈的蜜，這也是甜度為什麼最高的原因，這是它最獨特之處，也是上蒼賦予福島這塊土地的恩寵，沒想到卻被人為的核電廠給破壞了。赤井再也盼不到小朋友到他的果園戶外教學，但他依然擁有一顆赤子之心，索性創作

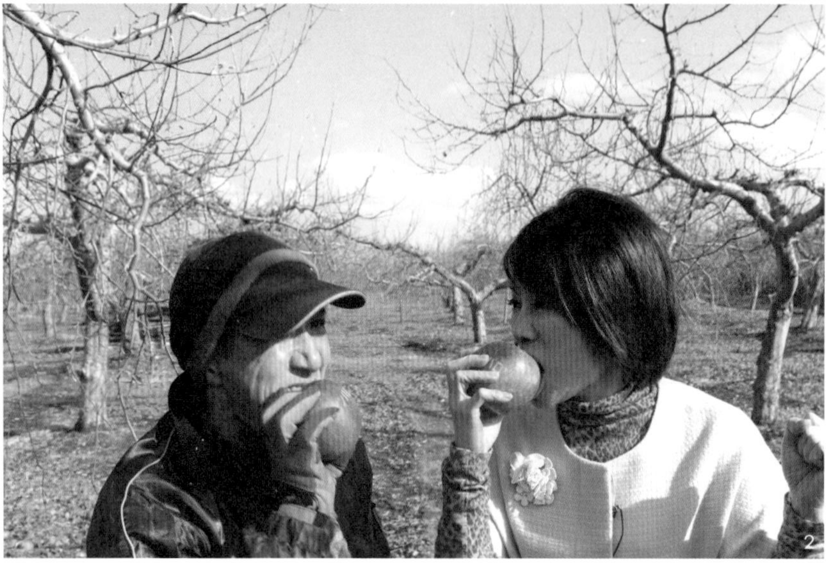

1 赤井見到我，樂於秀出小朋友到他果園校外教學的成果

2 咬下蘋果，福島農民加油！

「有故事的蘋果」，亦即，他在收成前三個月，把還青綠的蘋果貼上一張卡通或有字的圖案，等到成熟時，那個貼圖的地方顏色自然不一樣，就能呈現出效果了。只見，赤井貼出的圖案包括「麵包超人」「福」「加油」等等字眼，我決定，挑出那個「加油」的蘋果，對著鏡頭，跟赤井先生一起大口咬下，福島人都很努力，請大家為他們加油！

最後，赤井先生留下這麼一句語重心長的話：「為了以後的世代，我反對蓋核電廠，因為核能這種東西，是超過人類所能控制的！」

乏人問津，欲哭無淚的柿子農

同樣在農產豐盛的福島縣伊達市，其實這已經是我第二度造訪了，上次來是在核災後八個月拜訪當地的柿子農，當時是二〇一一年秋天，剛好是他們歷年來最豐收的一次，沒想到，遇到核災，這滿山遍野結滿黃澄澄的柿子果實，卻得全部丟棄，那一幕讓我頗為驚心，處處可見棄置在地上成堆的柿子，農民臉上掛著不捨的憂容，但又能怎麼辦呢？不只辛苦耕耘的血汗錢全部化為烏有，樹齡超過百年的柿子樹還能不能保持健康，更是大家不敢想像的。

我拿起輻射偵測器，隨便一個地方都在逼逼叫，尤其是水邊落葉處，數值更高，實在很難想像輻射到底擴散到什麼程度。

遠處，我們約好要拜訪的農民清野政孝開著貨卡車過來，一下車，只見他佈滿皺紋的臉龐擠出歡迎的笑顏，風霜裡看見純真；隨著他的腳步走向果園，他說今年的損失大約兩百五十萬日幣，但心疼的不是錢，而是終生照顧的百年果樹被輻射汙染了，他也不知道該怎麼辦，只能把果子丟掉，然後一再做除塵清潔的工作，希望還能有明天……

伊達市在日本幾乎是柿子的代名詞了，每年光是柿餅，年產值就超過三十億日幣，屬於當地外銷的經濟產物，但因採收之後必須要經過幾個月的風乾，這樣的過程更容易沾染輻射塵，所以日本政府下令二〇一一年柿餅全部停產，這真是讓農民無語問蒼天，每位果農損失都非常慘重。清野政孝索性摘了一顆柿子當場吃了，似乎想要展現他跟百年果樹是生命共同體一樣，豁出去了！

農民，絕對是核災最直接的受害者，逼得他們無路可走、無計可施，怎麼辦呢？我決定去拜訪農會。走進農會辦公室，只見滿牆都是過去柿子豐收、農民樂開懷的節慶照片，跟我剛剛在果園看到的愁雲慘霧完全兩個樣，這一切的美好似乎只能留待追憶，高掛在牆上了。牆邊還有很多他們得獎的獎盃，地震後已經東倒西歪，理事長大橋信夫桌上的時鐘更是停擺，而且指針就停在地震發生那一刻，兩點四十六分，留著，當作永遠的印記。

大橋理事長告訴我：「沒有辦法！」福島農產品已經讓日本人失去信心，現在他們也只能不斷地檢測、不斷地公開資訊、再不斷地告訴消費者，農產品是安全的，但這一切的努力似乎都是杯水車薪。核災，毫不保留地讓農村風雲變色！

夜裡，我回到人口密集的福島市，決定走一趟生鮮超市，果真發現福島農產品乏人問津，一整天了，福島產的小黃瓜依舊擺滿攤子，旁邊宮崎縣產的早就賣光；福島番茄一袋五顆賣兩百九十八日幣，全部原封不動；但旁邊熊本縣產的三顆三百九十八日幣卻

1 摸著黃澄澄的果實，雖然農民還能領點補償、樂觀面對，卻不知明天是否依然燦爛
2 福島結實纍纍的柿子只能全部丟掉
3 這一區有賣掉，因為有縣知事掛保證
4 福島農產品滯銷，讓農民欲哭無淚

所剩無幾，真是天壤之別的待遇。唯一我看到福島在地農產能賣出比較多的，上頭是有福島縣知事佐藤雄平掛保證，說絕對經過輻射檢測是沒問題的優質產品，才有那麼一點銷路，但大多數消費者依舊沒有信心，畢竟，命只有一條！

隔天，我走了一趟福島縣政府，只見牆壁到處都出現有剪力牆的地震裂縫，僅簡單地用膠帶封住，不知何時才能修復，畢竟，核災現在才是他們最嚴酷的考驗。胸前掛著「福島加油」徽章的副知事內掘雅雄告訴我，現在，要一夜扭轉福島的局勢，除非有奇蹟，否則不可能發生，所以他們也只能一步一腳印地把環境弄好，把福島的狀況、核電廠的狀況透明化，讓全世界知道；同時，也讓每個小朋友掛上簡易的輻射偵測累計儀器，以做好輻射管控，兒童身上掛的，不是小叮噹哆啦ㄟ夢或是迪士尼唐老鴨的圖案，反而是有點骷髏頭象徵的核輻射劑量，真是悲慘童年。而且，知道自己有多少輻射累積又如何呢？又能改變什麼呢？小小人類還是無法還原已經被汙染的大環境。

天皇最愛的溫泉湯屋空蕩蕩

二〇一一年十一月初，日本東北早就是深秋低溫的季節，我在綿綿細雨的夜裡抵達福島縣境內最有名的溫泉區，原本該是燈火閃耀的溫泉街，現場卻是黑壓壓一片，沒有人潮、沒有生氣，很多溫泉旅館甚至熄了燈火，這種淒涼滄桑感令人無限唏噓，人民真的很無辜！

我的目的地是過去日本天皇最喜愛的湯屋飯店，已經擁有一百七十年的歷史，算是老字號的名牌了。但車子一停下卻發現，偌大的停車場就我一部車，另外一部在低溫中不斷冒出引擎白煙的廂型車則是來送貨的，我帶著簡單行李進去，櫃檯依然西裝筆挺的歐吉桑服務人員立刻展開笑顏，很禮貌客氣地幫我們安排住宿事宜，一點也沒有因為核災而降低服務品質。

這時候，一位穿著典雅和服的女士從櫃檯後方的門裡走出來，打扮舉止非常合宜，她熱切地帶領著我們走向旁邊的大廳沙發區坐下，其他女侍則端來熱呼呼的綠茶和小茶點，感覺非常溫馨；這是我向來非常喜歡到日本泡湯的經驗，氣氛依舊沒變，只是現在變得人煙罕至；突然，心中泛起一點點竊喜，覺得今晚將獨享這麼優質的溫泉飯店，可能日本天皇過去也沒這樣的待遇？但，這種念頭只有一秒鐘，下一個思緒，俠女性格又跑出來了，開始為眼前的這位女將老闆娘富秀子擔憂，這樣的生意叫他們怎麼活下去呢？

一坐下，我看著牆壁上一張又一張日本明仁天皇和皇后美智子造訪湯屋的照片，當時不但人聲鼎沸，甚至，他們也在這裡宴客，只見一向優雅的皇后美智子隨著明仁天皇的腳步，輕巧舉著酒杯到處敬酒，對照現在的蕭條景象，實在令人揪心。

我的眼神回到眼前這位女將身上，同樣挽著包頭，鮮豔的口紅稍微掩飾臉上的一點憂傷，但她眼裡其實已經泛起淚光，因為知道我們是台灣採訪團隊，她不斷地跟我們訴說，她已經非常努力在設法復興了，但似乎，福島人再怎麼努力，就是再也沒有辦法讓人家信任了。

「我們這裡不是在核電廠附近，也不坐落在當時爆炸的風向範圍內，但再怎麼解釋，外界就是把整個福島縣都當作核災淪陷區，怎麼辦呢？」她用急切的眼神殷殷看著我，我實在有些不忍。然後，她又拿出一堆照片，是她聯合其他溫泉業者一起遠赴東京向日本首相野田佳彥請命，希望首相能夠幫幫忙，看她這麼努力地自力救濟，我決定，客觀地報導一下這裡的輻射狀況。

我拿起輻射偵測儀來測，果真只有〇．〇二個微西弗，我請大家放心，她立刻又對著鏡頭講：「這裡的輻射值是沒問題的，所有的食物也都已通過檢測，是安全的，希望大家能夠放心地到我們這裡旅遊，我們竭誠地等待著！」

用完晚餐後進了房間，我約同行女記者沛沛一起去泡溫泉。

「雅琳姐，這樣安全嗎？」她問。

「有什麼好擔心的？人都會死，我們這趟都曬過多少輻射塵了，身為記者就該在第一現場深刻體驗，沒差這一次吧，好歹我們都到這裡了，也該去體會一下天皇級的溫泉吧？更何況，我剛剛測了輻射值，OK啦！不過，如果妳不想去，我就自己去沒關係喔！」我一向對生死很淡然，不曉得是不是跟我年幼即歷經喪父之痛，認為世間無永恆之事有關係，但我就是一向豁達看待人生的考驗。

沛沛被我說服了，我們兩位女生隨即換上和式浴服，往湯屋走去。一進浴場，好大的空間，眼前的落地窗看出去，就是一座俊峭雄偉的山壁，只有在最上頭有蓊鬱樹叢，非常具有景觀特色；但這個數百坪的湯屋，竟然只有我們兩個人！

我習慣泡戶外裸湯，光著身子，純淨地享受被大自然環抱的感覺，但，這個時候的「大自然」卻披上人類製造的核能輻射塵，被它環抱？頓時之間變得很諷刺！不管這麼多了，我和沛沛裸身走向戶外區，天氣是冷的，兩人趕緊浸到熱呼呼的溫泉裡。這是我第一次看見這麼冷清的日本湯屋，要是沛沛不來，真的就只剩我一個人了，再這樣下去，日本福島的溫泉產業豈不只能面對走向凋零的命運嗎？

「雅琳姐，這溫泉真的安全嗎？如果它來自天然湧泉，以我們這趟親赴核災現場的經驗，不是每每最靠水的地方，輻射值就愈高嗎？那，我們現在是全身泡在水裡耶？」沛沛還是非常擔心。

「對喔！水！我們每到一個充滿輻射塵的戶外，那個偵測儀總是在最靠近河水或有其他積水的地方最會逼逼叫，但我們現在卻直接泡在水裡，而且還在戶外！」讓她這麼一說，我還真覺得有點毛骨悚然。「不過，沒關係啦！已經泡在水裡了，沒關係啦！既來之、則安之，我們回台灣後盡量少照X光就好。」也許，這是我的鴕鳥心態吧，但因

1 日本明仁天皇和皇后美智子經常來造訪的溫泉湯屋

2 這麼大的接待廳，顯示過去來客量驚人，但災後空無一人

俠女性格驅使，總覺得，不親身挺一下災區，不夠義氣！

就這樣，我們泡了四十分鐘，期間依然不見任何其他人影！攝影記者國華後來告訴我，他也去泡湯了，同樣地，數百坪的男湯，也只有他一個人。

根據福島縣政府的統計，三一一災難所帶來的經濟損失，光在福島就是兩兆日幣，這還不包括尚未統計出來的數字，而福島縣本來有兩百二十萬人口的，半年後只剩不到兩百萬，但，兩百萬人依然是個龐大的數字，日本政府根本無能為力把所有居民都外移，這會是個極為恐怖的難民潮，難民潮這種字眼會降落在極為先進的日本國身上嗎？實在難以想像。

目前，政府只能「盡力去做」，尤其，這種「盡力去做」是建立於一種無知的基礎上，因為大家對「核」這種東西是沒有專業知識的、是不知道該怎麼辦的，只能天真地想說，那我們盡力維持乾淨、盡力除塵吧！於是，在福島市的市區街道上，到處可見人民不停地打掃，剷除可能受汙染的落葉或灰塵，官方也到處設立了輻射檢測室，讓民眾可以拿食物或土壤去檢測，只能這樣勉強地亡羊補牢了；但其實這個破網根本補不起來，到處都是漏洞，因為大自然已經遭到玷汙了，誰賠得起？誰又能夠幫大家回到那個乾淨無虞的日本？恐怕是回不去了，這已證明核災超過人類所能處理的能力。

哭了半年的歐吉桑重現「魚的魅力」

二〇一三年二月，第三度造訪福島時，首晚待在磐城，我聽說這個輻射值還算相對安全的城市中，有個小小街廓被畫出來作為輻射淨空區災民可東山再起的地方，這趟我原本就想要找到這股重生的力量，決定走一趟！

當小巴司機的是隨行翻譯Makoto，但他駕駛身手看起來非常矯健俐落，俊俏的帥哥轉動著大大的方向盤，在磐城傳統小巷間來回尋找著那個街廓，終於，在一間小小日本料理店前停了下來。

天氣有點冷，冬季的街區也顯得蕭瑟，這裡叫做「白銀小路」，原本被稱為「鬼街」，因為曾是昔日昭和時代懷舊的居酒屋一條街，當時，還吸引電視劇到這裡拍攝，但一九九〇年代初日本泡沫經濟，使得當地三十家店鋪相繼停業，才成為一條荒涼的小路。

出身磐城市、後來在東京發展的三十三歲年輕人松本丈，大災難後決定回到福島家鄉，看自己能為災民做些什麼。他發現，有很多核災災民被迫遠離家園後，在人生地不熟的外地真的一無所有，沒有生活依靠、意志非常消沉，他想，一定要讓他們生活出現重點，那就讓他們能有工作機會，才可能逐漸擺脫家毀人亡的悲傷與地震核災的夢魘。於是，他去跟政府承攬這條鬼街的開發，把它重新整修之後，以很便宜的價格出租給災民，而且「災民限定」；就這樣，重新掛上「黎明市場」的街廓招牌，象徵黎明是會到來的，把它當作災民重生的一個基地，總算，燈火重新打亮起來了，鬼街能重生，核災災民也可以！

這個街廓不算大，兩排房舍面對面，底端再一排，就勾成了一個ㄇ字型的區域，只能步行，頭上張燈結綵的，掛滿了紅黃交錯的日本傳統燈籠，加上各家店鋪的燈火與閃爍的招牌霓虹燈，牆壁上又張貼一張張「復興」「加油」的精神標語，真的頗有生氣。尤其，巷頭一轉進來，就是一個大大的「笑」字，也讓我望文生義，直接對著它笑了起來，我知道這是在提醒所有的災民，再怎麼悲慘，就讓我們笑笑地迎接每一天！

為了拜訪這位熱血青年松本先生，我找到其中一棟房舍，爬上木製階梯，只見小小斗室堆滿各式各樣的文件，甚至是裝修房舍的梯子等大小器材，松本先生穿著傳統條紋襯衫外搭著厚實的毛衣，坐在案前打電腦，臉上掛著一副老派的深褐色眼鏡，對於我們的到來，看起來木訥老實的他顯然有些羞澀，他告訴我，這場大災難讓日本年輕人找到一個可以奉獻社會與人民的機會，所以他義無反顧地回到家鄉，以他本身過去就是從事資產開發的經驗，希望打造一個災民重生之地，他強調：「只要店鋪進來了，年輕人也

1 為災民重生打造的黎明市場入口處，有可愛的小貓圖片

2 黎明市場裡的餐廳店鋪

3 年輕的松本先生離開東京，來到福島縣想為災民打造重生之地

會在這裡出入，人跟人之間有了熱絡的互動，自然可忘卻悲傷。」

是不是這樣呢？我決定拜訪剛剛入口處的一間日本料理，店面很小，叫做「魚菜亭」，走進去，只能說空間真的非常小，頂多五坪，左側是吧檯加料理檯，只能擁擠地擺上四張高椅子，右側有榻榻米，上面只有兩張長方桌子，而且外側顧客得背貼牆，內側顧客得兩桌背貼背，再過去就是一間小小洗手間，沒了，但麻雀雖小、五臟俱全，吧檯後方牆壁上也擺滿了各式各樣的日本清酒。

老闆北鄉清治，六十歲，專業地穿著白色的料理服，我一進門，就送給我一個大大的笑臉，精神抖擻地大喊「歡迎光臨」，我被他飽滿的元氣給激勵到了，也大聲地回以「空巴瓦！」理著小平頭、髮色有點泛白的北鄉先生，在料理檯邊，用巧妙雙手不斷地做出一道一道色香味俱全的料理，嘴邊始終掛著微笑，還不時跟吧檯上的一對中年男女交談著，經常講到開懷大笑，完全看不到災民的悲慘情緒，他，真的是災民嗎？

沒錯，他不但是道道地地的核災災民，他還因為這場災難失去七位寶貴的家人，因為家鄉「久之濱」這個地方在福島海邊，又在福島核電廠二十公里內，真是標準地歷經一場大地震、大海嘯與恐怖核災的三重複合式災難。

地震發生當時，他人不在久之濱，跑到隔壁城市理髮而躲過一劫，但卻從此無法再回到家園，海嘯沖走了他的房子和日料店面，摯愛的家人淪為波臣，接下來的核災又讓他連立足在自己家鄉的土地上都不行，他，真的一無所有了，從此，他足足哭了半年。倖存的鄉親們被安排到郡山避難，他覺得自己像是幽靈一般，失魂落魄地隨著逃難人潮到避難所，惶惶不可終日，身邊又全是消沉悲傷的災民，他不知道自己活著幹什麼？於是，這位早已年過不惑的大男人只能不斷地哭泣，淚水乾了以後，就是繼續發呆、兩眼無神，他唯一可以慶幸的事是，活下來的他沒有受傷。

這就是重災區災民的絕望情緒，避難所瀰漫一股深藍色的憂鬱，或者說，已經是伸手不見五指的黑色愁苦境界了。

北鄉先生什麼時候止住淚水的呢？有一天，有位倖存的老顧客遇到他，突然跟他講：「我好想念你料理的味道喔！」頓時之間，閉塞的腦袋像是被雷打到一樣，突然驚覺到：「原來，這世界還有需要我的地方。」

二〇一一年八月，他得知磐城這個街廓將開闢專供災民做生意重生的「黎明市場」，於是，用自己在銀行剩下的一點存款，再加上政府對災民的補助款，決定自我拯救，要讓老顧客喜愛的熟悉味道重現江湖。

他來到鬼街，年輕的松本先生還幫他找來一些義工，大家共同打造全新的日本料理店，義工們特別讓北鄉先生抹上第一筆油漆，他笑了，也鼓勵自己，從此要笑、要大聲地笑，讓大家看見他不再悲傷；而且，他要把這間日本料理店當作「元氣中心」，希望自己的正能量也能影響其他的災民，這樣，才可能有復興的一天。「家園土地可以被摧

1 家在核災區裡再也回不去，七名親人又死了，歐吉桑在重生後告訴自己，每天都要笑

2 牆壁貼滿加油的標語

3 自製加油清酒，期待有一天回到故鄉久之濱

毀，但人不能從此頹廢不振，那只會讓災區更雪上加霜！」

這也是為什麼我看到北鄉先生時，他總是開懷地笑，他就是這樣時時刻刻勉勵自己的，甚至，他還告訴我，他不是最可憐的，因為他擁有一身的廚藝，換個地點可以再營生，讓人家雇用、不再當老闆也行；但他的一些好朋友都是在福島海邊捕魚的，他們可就再也無法下水，除了因為福島臨海已經受到汙染之外，他們的船隻財產也都被海嘯沖走，他強調：「對這些漁民來說，一旦不能捕魚，就幾乎是什麼可能性也沒有了！」

我很樂見北鄉先生的重生，這位歐吉桑終於在困頓中看到自己還是擁有些許幸運的，甚至，他也開始鼓勵他人，他說，「我是被客人救回來的」，接下來他會加倍服務客人，所以，他到處尋找安全的天然食材，也跟福島之外的各地漁會充分連繫，尤其，他遠到北海道訂漁獲，料理店的干貝和北寄貝就是來自北海道。

不再使用家鄉福島的漁產，這在情感上是很莫可奈何的，北鄉老闆現在時時刻刻都充滿元氣，他還大聲地告訴我，他最拿手的就是做生魚片沙西米，說著說著，雙手又開始料理了，他說他會比災前更努力傳達「魚的魅力」，用美味保留家鄉的滋味！

不過，笑容的背後，北鄉先生還是很想念家鄉的，他不知道哪天有可能回去站在那塊孕育他六十年的土地上，即使看一眼都好。

核災，讓人類陷入沒有答案的困境！

希望回來了，振奮受創的心靈

二〇一三年一月二十二日，是我第三趟造訪福島的尾聲了，本該回台灣的，但我心中還有一個聲音不斷地呼喚拉扯著，就是核災福島還需要一個令人振奮的力量，這個故事，會在哪裡呢？

我想從動物的身上，去找到一個可以擬人化的想像……

在網路上，我不斷地來回蒐尋，在成千上萬的線索中，這條訊息吸引了我：三一一大地震來襲時，位於海邊的福島水族館慘遭海嘯蹂躪，不幸死了二十萬隻魚貝，當時，有一隻即將生產的海豹 **Kurara**（庫拉拉）被迫離開福島，最後在外地順利產下寶寶，就取名「希望」，半年後，庫拉拉母子重回福島，也象徵「希望回來了」……

哇，「希望回來了」，對！就是這種感覺，我多次深入核災災區，一再看見災民無助的眼淚、絕望的心情、與想回家的渴望，但當這一切原本屬於自己的正常生活都變得奢求的時候，恐怕最希望的，就是有「希望」。庫拉拉的寶寶等於是「希望回來了」，起碼應該可以振奮一下福島人受創的心靈吧?!

為了找這個「希望」，雖然當時我已經深度繞完東北三縣，人也回到東京了，準備搭機回台，但那個當下，我還是不厭其煩地、重複地再搭一次新幹線回到福島市；然後，再轉搭其他支線，來到了「小名濱」這個地方；再轉搭計程車，最後終於來到了福島水族館。

下了計程車，眼前就是一棟建築在海岸邊、有著高聳綠色透明玻璃的龐大建築物，這是經過重建整修的，兩年後已經看不到海嘯的痕跡。這間二〇〇〇年開設的 Aqua Marina 福島水族館，原本是作為海洋生物與環境的重要教學設施，過去每年的參觀人數都達到一百萬人，猶記得，二〇一一年三月五日，它們才剛舉辦入館人數即將來到一千萬人的慶祝活動，沒想到，隔不到一個禮拜，一場大地震大海嘯，讓一切風雲變色！

我們聯繫館方公關人員，只見一位清湯掛麵、未施脂粉、滿臉樸實、瘦小的年輕小姐，穿著卡其色夾克出來迎接，一看就覺得她是那種很有愛心、很會照顧動物的專家。

跟著她的腳步進到辦公區，我開始跟她請教災難發生當時的情況。

她說真的很慘，海嘯沖進來大約五米高，等於淹掉一層樓半，他們所有人都被迫去緊急避難，那，水族館的海中生物怎麼辦？你會覺得不就「回歸大海」、可以自由遼闊地優游了？喔不，這群「沒有聲音」的海洋朋友，其實受到燃料短缺的影響，反而是在水族館中面臨死亡的命運！主要是因為水族館的電力設備全泡水了，斷電之後，雖然館內啟動緊急臨時電源，但後來還是在五天內使用殆盡，這期間，水族館內的水槽空氣、水溫調節功能逐漸喪失，更無法維持魚餌飼料的冷藏庫功能，雖然現場也留守兩、三名員工，但天災無情，現場殘破得百廢待舉、彈盡援絕下，實在無能為力！

就這樣，那些無聲掙扎的魚貝生物，死了二十二萬隻……

那麼，哺乳動物呢？我急著想要親眼目睹一下那隻海豹寶寶「希望」，公關人員帶著我穿過一重又一重的鐵門、再爬上一層又一層的階梯，在頂樓的一個大大的露天水槽裡，我先看到了庫拉拉這隻海豹媽媽。

雖然是媽媽，其實不過六歲，而且看起來好可愛喔！我立刻靠近透明玻璃，沒想到牠也親切地游過來，然後整隻直挺挺地立正，只露一顆頭在水上，身體都泡在水裡，接著，白色睫毛下，兩顆超圓的眼睛瞪著我看，萌得不得了。我在想，牠一定以為自己只有被我看見頭，殊不知透過整面玻璃，可是全身被我看光光呢！而且，牠還把佈滿斑點的肚皮現出來，突然之間，我覺得牠怎麼不會難為情呢？好，我太擬人化了。

接下來更可愛了，庫拉拉索性把圓圓的眼睛閉上，然後仰著頭，身體還是直挺挺地立在水中，狀似非常安穩地享受這一刻的悠閒與平安。好吧！我也趁著這個時候，學著牠直挺挺、雙手貼身的有趣姿勢，請工作人員幫我按下快門，卡嚓！這是我和海豹庫拉拉在大災難下的一場結緣。

我跟公關人員說，是否可請水族館負責飼養照顧庫拉拉的專家一起過來，這樣可以更了解庫拉拉的狀況，但她說，養育員還在飼養其他海中生物、正在忙，我跟她強調不

這是海嘯來襲時正好要生產的庫拉拉，我學她立正站好的樣子

用急，千萬別影響人家的工作。那麼，我就趁著這段小小的空閒，穿梭在這些玻璃體圍成的重重水槽之間，讓成千上萬的魚群在我身邊圍繞，享受一種優游與自在的感覺，自己也浪漫起來了。

然後，眼前突然出現一個笑容燦爛的捲捲毛男孩，好像卡通漫畫裡的人物突然跳出來一樣，「陳桑，嗨！」他跟我打招呼，我也趕快回禮，心裡想著，水族館的人怎麼看起來都這麼純淨，像個天使一般。

這位年輕捲捲毛的水族館副主任平澤桂先生，就是長期照顧庫拉拉的飼養員，他穿著水藍色的防水工作服，跟周遭玻璃水族館場域超呼應的，他告訴我，三一一當時真的很危急，因為館內多達七百五十種、二十萬隻魚貝全死了，看著寶貴生命流失，讓他非常痛苦，但也無能為力，只能趕快搶救哺乳動物。其中，懷孕的海豹庫拉拉即將臨盆，他說，每年二到四月都是海豹媽媽的生產期，像是庫拉拉自己也是在六年前的三一一出生的，沒想到，六年後自己的孩子也在這樣的日子要誕生了，卻要面對一場大災難……

「海嘯肆虐過後，你可以想像那種一片狼籍與百廢待舉，有一個禮拜的時間，什麼外援都進不來，偏偏，這個時間點又是懷孕的庫拉拉最需要營養的時候，但牠都沒有東西可以吃；當時，人類都束手無策了，反倒動物的母愛天性讓牠顯得堅強。後來，在終於得以展開救援的時候，他們緊急尋求外地水族館的援助，希望能趕快把庫拉拉移到外地，因為牠快要生了，總算，兩百公里外的千葉縣鴨川水族館伸出援手，最後順利地把庫拉拉移到那裡，四月七日，庫拉拉寶寶誕生了！」

看著平澤先生講述這一段驚險過程，可以體會那種無奈與不捨的心情，當大災難來時，人類自己得趕快逃生，但又心心念念著毫無援助的動物們，我想這會非常掙扎，儘管有人想要搶救動物，但災難之大，無能為力；加上人類也得遵守逃難的SOP，留得生命在，才可能有能量可以救援。這點，也是我在災區深刻的體會，災難來時那一刻，是很考驗人性的，你只要一個念頭想要回頭幫忙，就可能自己也死了；因此，後來日本很多的災區教育都教導大家，災難那一刻，請趕快保住自己的生命，你才可能有機會幫助別人！

庫拉拉在外地順利生產之後，福島水族館也開始進入復健期，三個多月後的六月二十六日，館方要把庫拉拉母子迎回福島，牠們可是歷經大劫難後第一批可以重返福島的「住戶」，由於當時福島深受海嘯與核災之苦，天災與人禍讓這塊土地上的居民陷入極度絕望的情緒裡，為了激勵意志消沉的福島人，這隻庫拉拉寶寶就被取名為「希望」，當牠回到福島時，亦即「希望回來了」，可是福島復興的一大象徵。

其實，「想回家」是多少福島人的心聲，尤其是在核災區內的人民，只是，他們依然不知道，這麼一個原本極為普通的心願，哪一天才能達成……

〈後記〉

以愛為基礎，重生才能開始

說實在的，第三趟前往福島核災與三一一重災區，出發之前，我只想到要採集好故事，把災區的真實狀況，用第一手深度觀察與人物的角度報導出來，這是當記者二十多年來一貫秉持的態度。但，當我第一天風塵僕僕、素顏趕抵福島，遇到扶桑花女孩被指身上會釋放輻射，以及七名親人過世而哭了半年的居酒屋歐吉桑，我卻只想當一個災區的天使，想拚命地帶動士氣、振奮人心！

因為，災難，實在太大了！

於是，每到一個地點、每遇到一位災民，我總是和他們一起呼口號！一起加油打氣！而且，我用我的破日文帶大家愈喊愈大聲！彷彿是要把內心那種對天災的無能為力與滿腔憤恨統統發洩出來似的，我們拚命大聲地喊口號！最後，總能讓低迷的氣氛充滿能量，起碼，我看見災民久違的笑容了！

於是，面對被指身上會釋放輻射的扶桑花女孩，我們彼此深深地擁抱，讓身體成為一種毫無距離的貼身支持！在僅僅五坪大的日本料理店，我邀請哭半年的歐吉桑和徒弟，大家握拳大喊「甘巴爹」！在大船渡的居酒屋，我揪團所有的年輕廚師與服務生，彼此在復興旗幟下握拳高喊「We will comeback」！在福島水族館，我請來羞澀的海豹保育員一起高喊「希望回來了」！在一甕殘存的兩百年醬油老鋪裡，我和年輕老闆與所有員工振聲高喊「我不怕你，tsunami」！

這些舉動，對外表拘謹嚴肅的日本人來說，真是難為他們了。但，我深深發現，人真的是需要被鼓舞的，更何況這些被掠奪掉一切的災民。很多醫生與官員告訴我，災區最普遍的一種現象叫做「生活不活潑症」，這是按照日文直接翻譯的，望文生義，沒有生氣、不知未來在哪裡、大家惶惶終日，再加上大災難的恐怖震撼，城市要重建又談何容易，這叫大家如何能快樂起來？

說快樂，也許還太奢侈了；應該說，要給大家有個前進的動力！而這種前進的動力，除了要能看得見未來的一點曙光之外，「愛」與「相挺」更是一個令人感動的強大力量！

二〇一一年日本三一一大災難發生之後，台灣人瞬間動員捐款至日本災區的總金額達六十億，愛心世界第一，這讓日本人非常感念。

隨便舉一個例，二〇一二年三月災難一週年我在日本南三陸町採訪，同行有一位平面媒體女記者，獨自跑到一戶還有人在的廢墟，她想要靠近採訪，沒想到對方築起厚重堅實的城牆、鐵青著臉色完全不搭理；但，那位記者不經意地說了一句：「不好意思，我來自台灣……」才說到這，那位災民的表情線條完全不一樣了，立刻收起冷漠憂傷的眼神，溫暖地望向記者說：「台灣嗎？謝謝你們！」然後，深深一鞠躬……

這個突如其來的舉動，已經讓平面女記者的心情像洗了三溫暖一樣，更意外的是，眼前這個廢墟已經什麼都沒有了，那位災民卻還拚命地東翻西找，他找到一個沾了塵的小吊飾送給那位女記者，再說一次：「謝謝台灣！」

這種對台灣人的感念，旅居日本東京的藝人翁倩玉感受更深……

二〇一二年三月，我特地走訪翁倩玉位於六本木的辦公室，拜訪這位台南同鄉的傑出女性，想了解大地震對她的影響。

我跟她上次的會面，是在故鄉台南的麻豆總爺藝文中心，兩個人在綠草如蔭的日式廣場上促膝訪談，陽光從大榕樹的葉縫中灑下來，配上南國熟悉的舒暢空氣，真是一大享受。那一次，我還走訪她柳營的老家，一棟庭院深深的豪邸，看得出在地的貴族氣勢，她的外公原本就是台南大地主，祖父翁俊明醫師更是第一位參與同盟會的台籍人士，而她自己在日本那個頗為排外的民族氣氛下，能打拚成備受歡迎的紅星，也真的不簡單。

進到翁倩玉的辦公室，一推進門，右邊的牆面就掛著她勇奪金獎的大版畫「紅樓依綠」，這是這位多才多藝的明星生活重心所在，版畫創作讓她尋得生活的寧靜與自在。另外一面牆，除了有多張畫像和她初學版畫時的茶花創作之外，吸睛的是掛滿了各種加油打氣的海報，像是台灣九二一大地震、八八風災，都看得到翁倩玉與災民站在一起的身影；另外還有一張寫著「四川」的海報，也是她在川震之後邀請武打巨星成龍一起賑災的紀念。年輕一輩的人即使不認識她，也應該都聽過她高唱「祈禱」：「讓我們敲希望的鐘呀，多少祈禱在心中；讓大家看不到失敗，叫成功永遠在……」柔軟的歌聲總是撫慰著受難的災民，也讓她博得「溫暖人心的多藝歌姬」封號。

台灣九二一大地震時，她回來獻唱；日本三一一大地震，台灣募款晚會，她也回來獻唱，那一次的募款，我和她在台視攝影棚再度碰面，只見她風塵僕僕、一下飛機就來賣力演唱。有的時候，人生真的有很多巧合，翁倩玉第一次演電影，作品就是美日合作的《大津波》（*The Big Wave*），描寫的就是海嘯災難，那時她才十三歲。

現在，年過六十依然美豔優雅的她告訴我，規模九．〇的地震來襲時，房裡所有的東西都往下掉，她嚇到躲到一張台製的木頭大桌子底下，那種劇烈的搖晃讓她覺得大事不妙，天搖地動甫定之後，果真陸續傳出恐怖的災情。雖然當天整個日本都展現出一種令世界驚嘆且出乎常情的好秩序，但其實是大家都深知這場災難太大，必須非常堅忍的面對；而地震後的她，總是時時刻刻都備好三天份的水，她說，人世間太無常了，世事難料！

翁倩玉持續在區災付出，她還鼓勵大家要多買東北災區的蔬菜，「農民太可憐了！我們一定要用行動支持」，她說，只要有一點點輻射檢出，農民的蔬果就賣不出去，欲哭無淚，因此，她一再出面力挺災區通過檢測的蔬果，呼籲大家用力買，唯有這樣，災民才能活下去！

眼前的翁倩玉，同樣，像個天使！她說，某一天，她在災區當義工的時候，一位女孩子來跟她說：「我昨天做了一個夢，終於『看見明天』了，醒來以後，我變得有勇氣了！」這番話雖然簡短，而且還是來自一場夢境，但已經讓翁倩玉感受到一切的付出都值得，因為，就是愛，讓災區產生勇氣了。

後來，她巡迴日本各個災區演唱以撫慰災民，並且當義工煮熟食給災民吃，她說，沿路上她遇到好多年輕人都告訴她：「我長大後一定要到台灣，親自面對面地向台灣人道謝！謝謝你們這麼幫忙……」這讓翁倩玉以身為台灣人為榮。

聽到這裡，我內心好激動，因為在台日錯綜複雜的歷史糾葛與愛恨情仇之下，我實在欣慰這一代年輕人是這樣認識台灣、是這樣搭起友誼的橋梁的。

還記得二〇一三年三月在東京舉行的WBC世界棒球經典賽嗎？台日大戰，透過電視轉播，我當然希望中華隊能打勝，但最後還是被日本隊逆轉，咱們輸了。不過，當我看到最後全場日本人站起來為台灣隊喝采的那一幕，我哭了，而且哭得唏哩嘩啦，因為全場有太多日本觀眾為台灣加油，他們舉著各式各樣「三一一・謝謝台灣」的海報，而且都是熱血的年輕人，很高興他們是這樣認識台灣的。

輸掉比賽的中華健兒們，站在東京巨蛋球場的正中央，大家背對背的圍成一圈，整齊劃一地脫帽，然後向全場觀眾鞠躬，那種如雷的掌聲與喝采，只見日本人發自內心地謝謝台灣！

我很少看見對打的兩個國家，可以這麼像是兄弟般地互相珍惜與鼓勵；甚至，那個時候有很多的日本球迷在為台日兩國謀求對策，看兩個國家要如何打，才能攜手一起到舊金山參與前四強的世界比賽，真的成了兄弟之邦了！

災難後的日子，我陸續看到熱情的台灣女青年，辭掉工作深入大槌町災區去當義

1 翁倩玉位於東京六本木的辦公室

2 翁倩玉在牆上掛著她到各地賑災的紀念海報

工；也有台灣的上班族種植最新鮮的蔬菜，千里迢迢送進福島；還有人到災區送可麗餅給小朋友，想帶來歡樂；甚至，留在台灣的，有愈來愈多的團體與家庭，展開雙臂招待日本災區小朋友來到台灣Long stay，讓孩子可以出國遊玩、暫時忘卻家鄉的悲情。這些，在在都看得出來，台灣有那麼多具有愛心的人，在自己的能力範圍內、用自己辦得到的方式默默付出，一點一滴，日本人都感受得到！

尤其，我已經繞過重災區三大回合，算是遇到很多災民了，每個人一聽到我來自台灣，總是豎起大拇指感謝。沒想到，一場災難讓大家更親近了……

二〇一三年三月十一日，大災難兩週年的日子，我受邀參加日本在台協會在台灣辦的紀念酒會。那個晚上，我在大倉久和飯店看見一群日本青春洋溢的大學生，製作了各式各樣的感謝話語、看板，到台灣各個景點去樹立，他們跨海來到這裡東奔西跑，目的也只是想跟台灣人說聲——謝謝！

這種感覺，真是溫暖！愛，就是有無窮的力量，有了這個愛的基礎，重生，也才能開始……

The Eurasian Publishing Group
圓神出版事業機構
用心與你對話．視野無限寬廣
圓神出版社
Eurasian Press

http://www.booklife.com.tw inquiries@mail.eurasian.com.tw

圓神文叢 160

希望回來了——最大的苦難，最美的重生

作　　者／陳雅琳
發 行 人／簡志忠
出 版 者／圓神出版社有限公司
地　　址／台北市南京東路四段50號6樓之1
電　　話／(02)2579-6600．2579-8800．2570-3939
傳　　真／(02)2579-0338．2577-3220．2570-3636
郵撥帳號／18598712 圓神出版社有限公司
總 編 輯／陳秋月
主　　編／林慈敏
專案企畫／賴真真
責任編輯／沈蕙婷
美術編輯／劉鳳剛
行銷企畫／吳幸芳．涂姿宇
印務統籌／林永潔
監　　印／高榮祥
校　　對／林振宏．沈蕙婷
排　　版／莊寶鈴
經 銷 商／叩應股份有限公司
法律顧問／圓神出版事業機構法律顧問　蕭雄淋律師
印　　刷／國碩印前科技股份有限公司
2014年4月　初版

定價 320 元　ISBN 978-986-133-493-6

每一本書，都是有靈魂的。
這個靈魂，不但是作者的靈魂，
也是曾經讀過這本書，與它一起生活、一起夢想的人留下來的靈魂。
——《風之影》

國家圖書館出版品預行編目資料

希望回來了：最大的苦難,最美的重生 / 陳雅琳著. -- 初版. -- 臺北市 : 圓神, 2014.04
240面；14.8×20.8公分
ISBN 978-986-133-493-6（平裝）

855 103002792